AF747555

www.ingramcontent.com/pod-product-compliance
Lightning Source LLC
LaVergne TN
LVHW010833051026
849532LV00007B/2684
* 9 7 8 9 3 6 9 0 8 0 5 8 8 *

اندھی جوانی

(افسانے)

علی عباس حسینی

© Ali Abbas Hussaini

Andhi Jawani *(Short Stories)*

by: Ali Abbas Hussaini
Edition: January '2025
Publisher :
Taemeer Publications LLC (Michigan, USA / Hyderabad, India)

ISBN 978-93-6908-058-8
9 789369 080588

مصنف یا ناشر کی پیشگی اجازت کے بغیر اس کتاب کا کوئی بھی حصہ کسی بھی شکل میں بشمول ویب سائٹ پر اَپ لوڈنگ کے لیے استعمال نہ کیا جائے۔ نیز اس کتاب پر کسی بھی قسم کے تنازع کو نمٹانے کا اختیار صرف حیدرآباد (تلنگانہ) کی عدلیہ کو ہو گا۔

© علی عباس حسینی

کتاب	:	**اندھی جوانی** (افسانے)
مصنف	:	**علی عباس حسینی**
صنف	:	فکشن
ناشر	:	تعمیر پبلی کیشنز (حیدرآباد، انڈیا)
سالِ اشاعت	:	۲۰۲۵ء
صفحات	:	۱۰۲
سرورق ڈیزائن	:	تعمیر ویب ڈیزائن

فہرست

آم کا پھل

ساون کا مہینہ تھا۔ کالی کالی گھٹائیں جھوم جھوم کے اُٹھتی اور ٹوٹ ٹوٹ کے برستی تھیں۔ ٹھاکر صاحب کے آموں کے باغ میں ٹپکا لگا تھا۔ لڑکے لڑکیاں اسی تاک میں رہتے کہ رحیمن کھٹک کی آنکھ بچے اور آم لے اُڑیں۔ مگر وہ سترا بہترا ہونے پر بھی اتنا ٹانٹھا تھا کہ اپنے ایک پلیا چھوٹے چھپر میں بیٹھا، وہ ڈانٹ بتاتا کہ لونڈوں کے اوسان خطا ہوتے تھے اور ان کو بھاگتے ہی بن پڑتی تھی۔ اگر کوئی لڑکا کسی طرح اس کی آنکھیں بچا کر ایک آدھ زمین پر پڑے ہوئے پھل اُٹھا لینے میں کامیاب بھی ہو جاتا تو کبڑیئے کا کتا اس کی ٹانگیں لیتا تھا۔ یہ پاجی اپنے مالک سے بھی زیادہ ایک ایک آم کی رکھوالی کرتا تھا اُس نے لڑکوں کا ناک میں دَم کر رکھا تھا۔ گاؤں بھر میں سب سے اچھے اور میٹھے آم، اور کوئی بغیر پیسہ خرچ کیے انھیں کھا نہ سکے! اور پیسہ اُن کے ماں باپ کے پاس نہیں! کسانوں کے گھر میں دو چار من غلّہ تو پڑا رہ سکتا ہے، مگر نقدی علیہ السلام زرد و سپید رہ سکے، ان کا وہاں کہاں گزر؟ اس لیے اُچک لینے اور چوری کرنے کو جی کیوں نہ چاہے؟ اور وہ بھی ایسے زمانے میں جبکہ سوائے اس باغ کے گاؤں میں کہیں اور آم نہ رہ گیا ہو۔

چنانچہ اِن آموں کے حاصل کرنے کی تدبیروں پر غور کرنے کے لیے سبھائیں ہوتیں جلسے کیے جاتے اور تجویزیں پاس ہوتیں۔ ان پھلوں کے چرالانے کے لیے بازیاں لگتیں اور انعام مقرر ہوتے، اور کبھی کبھی تو ان دو چار گرے پڑے آموں کے لا دینے پر وہ پھل جاتا جو مجنوں کو جنگلوں کی خاک چھاننے اور فرہاد کو پہاڑ کی چٹانیں کاٹنے کے بعد بھی نہ مل سکا تھا!

چندی جو اس باغ میں ایک اندھیری رات میں گھسا تھا وہ اسی غرض سے۔ اُس کے بچپن ہی میں ماں باپ مر گئے تھے۔ برادری والوں نے اس کے سارے کھیتوں پر قبضہ کر کے اُسے

اس طرح بے سہارا کردیا تھا کہ وہ چوری کرنے اور ڈاکہ ڈالنے کا عادی سا ہو گیا تھا۔ پہلے یہ حرکتیں مدافعانہ تھیں۔ اُسے زندہ رہنا تھا اور اس کے لیے جنگ ضروری تھی، لیکن جیسے جیسے وہ بڑھتا گیا اور اس کے بازوؤں میں قوت اور دماغ میں عقل آتی گئی، اس کی دفاعی تدبیریں جارحانہ کارروائیوں کی صورت اختیار کرتی گئیں۔ وہ ایک پیشہ ور فسادی چور اور ڈاکو بن گیا۔ ابھی کچھ ہی دن پہلے وہ بدچلنی کے سلسلے میں محض شبہ پر ایک سال کی سزا کاٹ کر چھوٹا تھا۔ مگر جیل ہو آنے سے اس کی ''مذموم صفتیں'' اس میں اور راسخ ہو گئی تھیں۔ جیل کی نامعلوم سختیاں ڈراؤنی نہ رہ گئی تھیں۔ بھوکے کے لیے گاؤں سے زیادہ قید خانے میں راحت تھی، اسی لیے اب اس کی قطع اس سانڈ کی تھی، جو داغ کر چھوڑ دیا گیا ہو اور جو یہ سمجھنے لگا ہو کہ اُسے اس کا فطری حق ہے کہ وہ ہر ایک ہرے بھرے کھیت کو چر ڈالے۔

مگر آج اس اندھیری رات اور موسلا دھار بارش میں، چندی کو بھوک اس باغ میں نہ لائی تھی۔ اس کی غرض اپنے لیے آم چرانا نہ تھی، اُس کا مقصد ان آموں کو دل کی دیوی کی بھینٹ چڑھانا تھا۔ اُس نے جلدی جلدی اپنے 'انگوچھے' کے ایک کونے میں گرہ دی، اور اسے تھیلے کی شکل کا بنالیا، پھر آہستہ آہستہ بلی کی چال چل کر اُس نے دس بارہ آم مختلف تھالوں سے اُٹھا کر اس تھیلے میں رکھے۔ اس شاطر نے یہ کام کچھ اس صفائی اور احتیاط سے کیا کہ نہ تو کھٹک جاگا اور نہ کتے کو خبر ہوئی، پھر وہ اپنا یہ 'پرشاد' لے کر اس طرف روانہ ہو گیا جدھر بدلیا رہتی تھی۔

بدلیا اسی کی ذات برادری کی ایک چمارن تھی۔ اپریل میں 'گونا' کرا کے سسرال آئی۔ اور جون میں ٹھاکر کی بیگار نے اُسے دُلہن کی جگہ بیوہ بنا دیا تھا۔ پتی کو چھ کوس ٹھیک دوپہر میں شہر تک ننگے پاؤں جانا پڑا۔ زمیندار کا حکم موت کی طرح ٹالا نہ جاسکتا تھا۔ پلٹتیوں میں لو لگی اور گاؤں پہنچنے سے پہلے ہی جلتی بھنتی زمین پر گر کر ٹھنڈا ہو گیا۔ بدلیا نے مانگ کا سیندور دھو ڈالا۔ رنگین ساری اُتار کر وہ پھٹی پُرانی ساری پہن لی، جس کے سوا اُس کے پاس جسم ڈھانکنے کو اور کوئی کپڑا نہ تھا۔ اور کئی وقت مارے رنج کے ایک دانہ تک منہ میں نہ ڈالا۔ لیکن اس سوگ منانے سے ساس نندوں کا کلیجہ ٹھنڈا نہ ہوا۔ انھوں نے اسے 'ڈائن' گھر اُجاڑن، اور 'بھکن پھیری' ٹھہرا دیا اور اُسے اپنے پھوس کے محل سے نکال کر بیلوں کے چھپر میں جگہ دی، تا کہ اس کا منحوس سایہ ان کی 'پوتر' دہلیز پر نہ پڑے۔ یہیں ایک کھرے کھاٹ پر بدلیا پڑی رہتی تھی، دن رات میں ساس نندوں میں سے کسی کا اگر جی چاہتا تو وہ اسے تھوڑا سا ستو، مٹھی بھر چنا، یا تھوڑی

سی مٹر دے جاتی تھیں، ورنہ وہ تھی بیل تھے، مچھر تھے، گوبر تھا اور سڑے ہوئے بھوسے کی بو!

گاؤں کی چھر ٹولی، بہت چھوٹی سی جگہ ہوتی ہے، وہاں ایک دل کے دھڑ کنے کی آواز دوسرے دل آسانی سے سن لیتے ہیں۔ وہاں کوئی کام راز میں نہیں رہ سکتا ہر بات پھوٹ نکلتی ہے۔ چنانچہ دوسرے ہی دن اس ''گھر نکالا'' اور نئی سزا کی خبر سب کو مل گئی۔

بڑے بوڑھے تو سر ہلا کر چپ رہے۔ لیکن لڑکوں اور نوجوانوں میں ہمدردی کی ایک لہر دوڑ گئی، ہر ایک نے بدلیا کی مدد اپنے اُوپر فرض کر لی، کوئی لڑکا بڑوں کی آنکھیں بچا کر اپنے گھر سے گڑ کا ٹکڑا اُڑا دیتا اور اُس میں سے اپنا حصّہ نکال کر بدلیا کو دے آتا۔ کوئی اپنے حصّہ کا ستو ختم کر کے اپنے کسی بھائی یا بہن کا ستو گھما دیتا۔ اور اسے نئی بھوجی تک پہنچا آتا۔ کوئی دوسرے لڑکوں کی کوئی کھانے کی چیز چرا لیتا۔ اور اُسے اس دُکھ کی دیوی کے چرنوں میں چڑھا آتا تھا۔ نوجوان ادھر سے گنگناتے نکلتے 'بھوجی' کہہ کے بدلیا کو متوجہ کرتے اور دوسروں کی نظریں بچا کر ایک آدھ آم، یا دو ایک اُمرود پھینک آتے تھے۔

چندی بھی اس چھپر کے کئی پھیرے لگا چکا تھا۔ وہ اپنے کرتوتوں سے اب تک کنوارا تھا اسی لیے دوسروں کی نسبت اس کی ہمدردی بھی زیادہ تھی۔ مگر بدلیا اس کی صورت سے ویسا ہی سہم جاتی تھی۔ جیسے کبوتر بحری کو دیکھ کر ڈر جاتا ہے۔

اس لیے رات کی ڈراؤنی تاریکی میں جب وہ تنہائی، گرج اور چمک سے گھبرا گھبرا کر کروٹیں لے رہی تھی، چندی کا دَبے پاؤں اس کے چھپر میں آنا اس کے لیے کسی طرح وجہ تسکین دل نہیں ہو سکتا تھا۔ یقینی اکیلے میں ساتھی کی بڑی خواہش بڑھ جاتی ہے۔ جی چاہتا ہے کہ کوئی ہمدرد پہلو میں ہوتا۔ اس سے مل کر بیٹھتے، اپنی بیتی کہتے، پرائی بیتی سنتے، پر یہ باتیں ہم جنسوں سے ممکن ہیں۔ بھیڑ اور بھیڑیے یا چڑیا اور شکرے میں نہیں ہو سکتی ہیں۔

بدلیا، اسی لیے چندی کو پہچانتے ہی، گھبرا کر کھاٹ پر اُٹھ بیٹھی اور اس نے بڑا سا گھونگھٹ نکال لیا۔

چندی مسکرا کر بولا۔ ''لو بھوجی، تمھارے لیے ٹھاکر کے باغ کے آم لایا ہوں۔'' یہ کہتے کہتے اس نے انگوچھے کی گرہ کھول کے، بالکل ایک پونجی پتی کے انداز سے کھاٹ پر آم ڈھیر کر دیے۔ لنگڑے، دسہری، سفیدے کے پھل، ڈال پر پکے ہوئے، پورے رَس پر! وہ خوشبو پھیلی کہ جگالی کرتے ہوئے بیلوں نے بھی بند آنکھیں کھول دیں اور شیشے کی طرح چمکتی

آنکھوں سے اُن کی طرف تکنے لگے، بدلیا جانتی تھی کہ چندی کا یہ تحفہ بے غرض نہیں ہے مگر آموں کو دیکھ کر منہ میں پانی بھر آیا۔ پھر بھی چندی کا ڈر غالب تھا۔ اس لیے اُس نے انہیں ہاتھ نہیں لگایا۔ چندی نے اتنی دیر میں انگوچھے کو نچوڑ کر اس سے بھیگا ہوا جسم پونچھا پھر اسے باندھ کر گیلی دھوتی اُتار کر نچوڑی اور باندھ لی۔

بدلیا کا دھڑکتا ہوا دل ذرا ٹھہرا ہی تھا کہ چندی اس کام سے فراغت کر کے بڑی بے تکلفی سے کھاٹ کے پائینتی بیٹھ گیا۔ بدلیا فوراً کھاٹ سے اُتر کر اس طرف زمین پر بیٹھ گئی، جدھر بیل بندھے تھے، پاس والے بیل نے دو مرتبہ 'فوں، فوں' کر کے اس کی اس حرکت پر اپنا تعجب ظاہر کیا، مگر اس کی مانوس بو سونگھ کر پھر جگالی کرنے لگا۔ چندی بدلیا کے اس پیترے پر ذرا ہنسا۔ بولا۔

''ہم کاٹ نہ لیں گے بھوجی، ہم تو تم سے یہ کہنے آئے ہیں کہ ہماری تمھاری جوڑی اچھی رہے گی۔''

بدلیا کے ہاں گہرے کہرے کی طرح سکوت چھایا رہا۔ چندی سمجھانے والے انداز میں بولا۔ ''میرا جھونپڑا بن گھر والی کے سونا لگتا ہے، اور تم بن مرد کے دُکھی ہو۔''

مگر گویا بدلیا گونگی تھی، اس نے کوئی جواب نہ دیا۔ چندی نے آدھے دھڑ سے کھاٹ پر لیٹ کے اس کی ٹھوڑی کی طرف ہاتھ بڑھاتے ہوئے کہا۔ ''بولتی کیوں نہیں بدلی؟''

وہ ہاتھ جھٹک کے آہستہ سے بولی۔ ''ہمیں ایسی باتیں ناپسند ہیں! تم یہاں سے چلے جاؤ!'' چندی پر اس جھڑکی کا اُلٹا اثر ہوا۔ وہ کھاٹ پر گھوم کر اس طرف پاؤں لٹکا کے بیٹھا جدھر بدلیا تھی، وہ سہم کر پیچھے ہٹی۔ چندی پھر ہنسا۔ اس نے اچانک جھک کر بدلیا کی کلائی پکڑ کر اپنی طرف گھسیٹا، بدلیا چیخ پڑی۔ وہ اتنے زور سے چیخی کہ بیٹھے ہوئے بیل پھکاریاں مارتے اُٹھ کر کھڑے ہو گئے اور بدلیا کی ساس نندیں جاگ اُٹھیں۔

چندی نے بدلیا کے ہاتھ چھوڑ دیئے۔ اور گھبرا کر کہا۔ ''اچھا، اچھا، چیخ مت، لے ہم جاتے ہیں پر دیکھ آم ضرور کھالینا۔'' یہ کہہ کر وہ جھپٹ کر باہر نکل گیا۔ مگر ویسے ہی بدلیا کی ساس جھونپڑے میں ''ارے کیا ہے ڈائن؟'' کہتی ہوئی داخل ہوئی۔ اسے کسی کے بھاگنے کی آہٹ مل ہی چکی تھی۔ اب جو دیا جلا کر اُس نے دیکھا تو یہ سماں نظر آیا کہ بدلیا کھاٹ سے الگ کھڑی، بڑے بڑے دیدے نکالے، ڈری سہمی اُسے دیکھ رہی ہے۔ اور کھاٹ پر اچھے اچھے آم ڈھیر

ہیں۔بس برس پڑی۔''ڈائن، بیسوا، ہرجائن، میرے کلوا کو کھا کر اب یار بلاتی ہے، رہ تو جا، سویرا ہونے دے، برادری بھر کے سامنے تیری مانگ نہ مونڈ دی تو اپنے باپ کی جنی نہ کہنا۔''

اتنے میں نندیں بھی اپنے اپنے بچے بغلوں میں دبائے آ پہنچیں، وہ بھی ماں کے ساتھ مل کے بھِن بھنانے لگیں۔ پھوس کے چھپروں میں رہنے والی چمرٹولی یوں ہی مینہ برسنے اور چھپر کے ٹپکنے سے جاگ رہی تھی۔ یہ شورسن کے دوڑ پڑی، پانی تھم گیا تھا، اس ہنگامے کی آواز دُور تک بآسانی پہنچی۔ بارے بڑی دیر جھک جھک بک بک کے بعد طے ہوا کہ صبح پر معاملہ اُٹھار کھا جائے، اور اس وقت پوری تفتیش کر کے برادری سزا دے۔ اس فیصلہ کے بعد اور سب تو چندی کے لائے ہوئے آموں پر حسرت بھری نگاہ ڈالتے گھر سدھارے، مگر چھوٹی نند نے ٹھٹک کے اس ڈھیر سے چن کے چار آم اُٹھائے، پھر وہ ایک کو دانت سے چھیلتی چل دی۔

بدلیا نے وہی اطمینان محسوس کیا، جو بحری مسافر، طوفان کے بخیر وخوبی ختم ہو جانے پر محسوس کرتے ہیں۔ لیکن اس اطمینان سے اُسے کسی قسم کی خوشی نہیں ہوئی، بلکہ رنج کا احساس اور زیادہ ہوا۔ وہ تھوڑی دیر تو بیٹھی اپنی پھوٹی تقدیر پر روتی رہی۔ پھر وہ اُٹھی اور اُس نے جھپٹ کر ایک ایک کر کے آم اُٹھائے، اور انھیں چھپر کے باہر پھینکنا شروع کیا۔ دو تین پھل غصّے میں پھینکے تھے کہ ایک دسہری ہاتھ میں آ گئی، وہ خوشبو، وہ رائحہ، وہ نرم نرم پھسلتی ہوئی جلد کہ توبہ ہی بھلی! پھینکنے کے لیے اُٹھا ہوا ہاتھ رُک گیا۔ اُس نے بیساختہ اُسے ناک کے قریب لے جا کر سونگھا۔ معلوم ہوا جیسے بھری ہوئی ناگن کو جڑی سونگھا دی گئی ہو جھومنے لگی۔ اُس نے دو ایک بار زبان کا سرا ہونٹوں پر پھرایا۔ پھر 'اُنھ' کر کے زمین پر اکڑوں بیٹھ کے اُسے دانت سے چھیل کر کھانے لگی۔ چھپر میں بڑی دیر تک بیلوں کی جگالی اور بدلیا کے چٹخاروں کی آواز میں مقابلہ ہوتا رہا۔ البتہ یہ چٹخارے درمیان میں صرف اتنی دیر تک رُکتے تھے جتنی دیر کو اپنے پھینکے ہوئے آموں کو پھر سے چن کر لانے میں لگتی تھی...پھر تو بیلوں کو مینڈکوں کی غرغراہٹ ہی نہ سننا پڑی بلکہ بدلیا کے خراٹے بھی! اور انھوں نے جگالی کر کے یہ سب انگیز کیا۔

دوسرے دن صبح سویرے 'جنگل' سے پلٹتے ہی ساس نندوں نے مرے ہوئے بیٹے بھائی کا نام لے لے کر وہ 'آگہار' مچائی کہ برادری کی چمارنیں اکٹھا ہو گئیں۔ بدلیا خمار آلود آنکھیں لیے، ان کے بیچ میں چپ بیٹھی رہی۔ بار بار پوچھنے پر اُس نے گنگو کی سوگند کھائی کہ اس کا کوئی

یار نہیں ہے، اور نہ اُس نے کسی سے کہہ کے آم منگائے تھے۔ ''تو یہ کیوں نہیں بتاتی کہ کون لایا تھا۔'' ساس نے چمک کر کہا۔

بدلیا نے آہستہ سے کہا۔ ''چندی آم لائے اور ہم پر ہاتھ ڈالا ہم چیخے، وہ بھاگ گئے ساس آ گئیں۔''

چھوٹی نند جس سے چندی سے ایک زمانے میں دوستی رہ چکی تھی، کولھے پر ہاتھ رکھ کے بولی۔ ''پرائے گھر میں جب تک کوئی بلایا نہ جائے، آئے گا کاہے کو۔''

ایک چمارن بولی۔ ''ارے نہیں وہ بڑا پاجی ہے۔''

دوسرے نے کہا: ''پر یہ بھی سچ ہے، کہ اس میں کلوا بہو کا بھی دوش ہے۔''

ساس چیخی۔ ''دوش سا دوش ہے، ارے لوگو! اس ڈائن نے میرے کلوا کو کھالیا! اب یہ یار ڈھونڈھتی ہے۔ چوری کا مال اُڑاتی ہے، ارے یہ ہم لوگوں کی ناک ہی نہ کٹوائے گی یہ ہم لوگوں کو جیل بھجوائے گی جیل!''

بڑی نند نے بدلیا کی طرف جھپٹتے ہوئے کہا۔ ''تو مار کے نکال دو اس پاجن کو، اور یہ کہتے کہتے اس نے بدلیا کو ایک طمانچہ رسید ہی تو کر دیا۔ بدلیا بوکھلا گئی۔ مگر قبل اس کے کہ اپنے کو بچانے کی کوئی تدبیر کر سکے، چھوٹی نے بڑھ کر ایک دھول رسید کر دی، اب تو ساری چمر ٹولی پل پڑی۔ کوئی چمارن کو کوس رہی ہے، کوئی بال نوچ رہی ہے، بدلیا نے جب جان بچتی نہ دیکھی، تو اُٹھ کر کھڑی ہو گئی۔ اور موقع پاتے ہی مجمع سے نکل کر دیوانہ وار بھاگی، اس کا سانولا چہرہ پختہ اینٹ کی طرح سُرخ تھا، اُس کے بال کی لٹیں سوار کی طرح اُلجھی ہوئی۔ بے قرینہ، منہ اور کندھوں پر پڑی ہوئی تھیں۔ اور اس کا جسم رہ رہ کر اس طرح کانپ اٹھتا تھا جس طرح زلزلہ کے ہر جھٹکے میں مکان اور درخت ہل جاتے ہیں۔ اُس کے نتھنوں سے گرم گرم سانس نکل رہی تھی، اس کا حلق بالکل خشک تھا۔ اور اس کی آنکھیں سامنے کے راستہ کو نہ دیکھتی تھیں، بلکہ بہت دُور کسی منزل کی جستجو میں تھیں، وہ اسی طرح بدحواس پکڑ کے درخت تک پہنچی، جو چمر ٹولی کے قریب ہی تھا۔ اس نے اس کی اُبھری ہوئی جڑ سے ٹھوکر کھائی، اور منہ کے بل زمین پر گر پڑی۔

اس اچانک گرنے نے دل میں بھری ہوئی ساری تکلیفوں کو ایک لڑی میں گوندھ دیا، اور وہ زمین پر منہ رکھے سسک سسک کر رونے لگی۔ گویا زمین نہ تھی۔ بلکہ ماں کا سینہ تھا، جس سے سر لگا کر رو لینے میں آرام ملتا ہے۔ وہ یوں ہی پڑی سسک رہی تھی کہ پتوں میں کھڑکھڑاہٹ

ہوئی اور چندی پکڑ کی موٹی موٹی شاخوں سے اترتا ہوا زمین پر مع اپنی لاٹھی کے دھم سے کودا۔ بدلیا اس دھماکے پر ایک ہلکی سی چیخ کے ساتھ اُٹھ بیٹھی، ایک نامعلوم خطرے کے خیال نے اس کے دل میں حد درجہ ڈر پیدا کر دیا، اس کے دماغ نے چندی کو ایک نئے حملہ آور کی شکل میں پیش کیا، وہ جلد سے اُٹھ کر پھر بے تحاشا بھاگی اس کی قطع اس پانی سے بھری صراحی کی تھی، جو کسی ڈھالواں مقام پر لڑھکا دی جائے۔ صراحی کی طرح اُس کے منہ سے کف جاری تھا۔ اُس کے حلق سے آواز نکلتی جاتی تھی اور اس کی چال کاواک اور ٹیڑھی تھی۔

چندی چند سکنڈ بدلیا کے اچانک بھاگنے پر اُسے منہ کھولے دیکھا کیا۔ پھر وہ اس کے پیچھے اس طرح دوڑا جس طرح شکاری کسی چڑیا کو زخمی کر کے پکڑنے دوڑتا ہے، بدلیا لڑکھڑاتی، بلکتی، سسکتی، پاس والے تخمی آموں کے باغ تک دوڑی، پھر اُسے چکر سا آنے لگا اور باغ لٹو کی طرح گھومنے لگا۔ وہ لپک کر سب سے پہلے درخت کے تنے سے اس طرح جا کر چمٹ گئی جس طرح بچے کسی اجنبی سے ڈر کر باپ کی ٹانگوں سے لپٹ جاتے ہیں۔

چندی قریب پہنچ کر ٹھٹھک کر کھڑا ہو گیا۔ اس نے دلاسا دینے والے انداز میں کہا۔

”ارے کہاں جاتی ہے بدلی؟ کیا میکے میں ساس نندیں تجھ کو رہنے دیں گی، انہوں نے تجھ کو اپنے گھر سے نکال دیا، وہ تجھ کو وہاں سے بھی بدنام کر کے نکلوا دیں گی، ارے پگلی کہنا مان، دوسرا گھر بنا!“

بدلیا بھد سے زمین پر بیٹھ گئی، اور بڑی بے بسی سے رونے لگی، چندی اُسے سمجھاتا رہا۔ مگر ہمدردی کی آواز تازیانہ کا کام دیتی رہی۔ گویا چندی کے الفاظ نہ تھے بلکہ ڈاکٹر کا نشتر تھا، جو جگر کے ناسور کو پھیلا اور بڑھا کر مواد کے نکلنے میں مدد دے رہا تھا۔ لیکن آہستہ آہستہ بے کسی و ناکسی کا طوفانی احساس کم ہونا شروع ہوا۔ مد کی جگہ جزر نے لے لی۔

چندی نے قریب کھسک کر کہا۔ ”ارے بدلی اس رونے دھونے کا کوئی فائدہ نہیں ہے۔ تو ہمارے ساتھ چل کے رہ، پھر کسی کی اتنی ہمت نہ پڑے گی کہ تجھے کوئی آدمی بات بھی کہہ سکے۔“

بدلیا نے ایک دُزدیدہ نگاہ چندی پر ڈالی۔ اچھا خاصا جوان تھا۔ عام چماروں کی طرح سوکھا، لاغر، بھوکا نہیں معلوم ہوتا تھا، صورت شکل بھی بُری نہ تھی، چہرے سے جرأت اور نڈرتا کے آثار نمایاں تھے، آنکھوں میں پسندیدگی کی چمک پیدا ہوئی اُس نے جلدی سے

سر جھکالیا، چندی مسکرایا۔

''ارے پگلی، جب سب تجھ کو دوش ہی لگاتے ہیں۔ تو پھر کر کے کیوں نہ دکھادے؟ کسی کا دیا کھاتے ہیں کہ ڈر ہے؟''

بدلیا نے اور گردن جھکالی۔ چندی نے آگے بڑھ کر ٹھوڑی میں ہاتھ دے کے جھکے سر کو اُٹھالیا اور آنکھوں میں آنکھیں ڈال کر گھورا، اُس نظر میں خوشامد بھی تھی، ہمدردی بھی تھی۔ اور دنیا بھر سے بدلیا کے لیے لڑ جانے والا ارادہ بھی تھا۔ پھر بدلیا کی بھیگی ہوئی پلکیں اس کے آنچل سے پونچھ کر بولا۔ ''لے اب اُٹھ گھر چل۔''

وہ کاندھے پر لاٹھی رکھے آگے آگے چلا، بدلیا گھونگھٹ نکالے اس کے پیچھے پیچھے ہولی، جب دونوں چمرٹولی سے ہو کر گزرے، تو بدلیا کی ساس اور بڑی نند نے راستہ روکا۔ وہ جھڑک کر بولا۔

''ہٹ جاؤ راستہ سے نہیں تو سر پھوڑ دیں گے؟''

وہ ڈر کے پیچھے ہٹیں، تو چھوٹی ہاتھ چمکا کر بولی۔ ''ارے یہی رات کو آم لایا تھا۔''

چندی پلٹ پڑا، اس کی آنکھیں شرارت سے چمک رہی تھیں۔ ''ہاں! ہاں! ہمیں لائے تھے۔ وہ رات کی چوری تھی ٹھاکر کے باغ کی! یہ دن کا ڈاکہ ہے۔ تمھارے گھر کا!''

بڑی نند نے کہا۔ ''وہ ہم پہلے ہی سمجھ گئے تھے کہ یہ ڈائن ناک کٹوا کے چھوڑے گی۔''

چندی نے کندھے پر رکھی ہوئی لاٹھی زمین پر زور سے کھینچ ماری، تینوں عورتیں جلدی سے چھپر میں گھس کر دروازے سے جھانکنے لگیں، چندی نے ڈانٹ کر کہا۔

''خبردار جو کبھی ڈائن کہا، یہ اب ہماری مہریا ہے۔''

پھر ایک بار لاٹھی گھمادی۔ تینوں نے جلدی سے اپنے سر اندر کر لیے...اور یہ سپیرا مع اپنی نئی ناگن کے مسکراتا ہوا آگے بڑھ گیا۔

⚝⚝

اچھوت برہمن

آگرہ کا اسٹیشن، گرمیوں کا زمانہ، مسافروں کا ہجوم، اس پر انٹر درجے کا ٹکٹ۔ اگر مَیں گھبرایا ہوا تھا تو کوئی جائے تعجب نہیں۔ ڈر تھا کہ گاڑی بھری ہوئی آئے گی۔ اطمینان سے لیٹنے بیٹھنے کی جگہ نہ ملے گی۔ راستے بھر ہنگامۂ شور وشغب رہے گا۔ اور نہ معلوم کتنی قسم کی نئی بیڑیوں کے متعفن دھوئیں کو انگیز کرنا پڑے گا۔ مَیں نے اسی لیے اُس دن کا لیڈر، پوائنیر، اسٹیٹس مین اور ہندوستان ٹائمز خرید لیا۔ پھر وہیلر کے کتاب گھر سے 'اوپنہم' کا ایک تازہ ترین ناول خریدا۔ میری رائے میں انگریزی مصنفین میں 'ویلس' اور 'وڈہاؤس' کی طرح 'اوپنہم' کی کتابیں بھی ریل کا سفر کاٹنے کا بہترین ذریعہ ہیں۔ اس مصنف میں 'شرلاک ہومس' کے مصنف کی طرح قوتِ استقراء تو نہیں ہے، لیکن وہ 'نیلی چھتری' کے مترجم سے کہیں زیادہ قرین عقل پیچیدگیاں، اُلجھاوے اور اسرار اپنے پلاٹ میں سمو دیتا ہے۔ پھر اس میں جو ایک نہفتہ ظرافت ہوتی ہے وہ بجائے خود ایک ایسی چیز ہے جو مہذب و متین طبائع کو مرغوب ہے۔

خیر یہ تو ایک جملہ معترضہ تھا۔ مَیں نے جیسا عرض کیا۔ اخباروں کے ساتھ ساتھ میں نے 'اوپنہم' کا ایک پھڑکتا ہوا ناول بھی خریدا۔ اور اب گویا پوری طرح مسلح ہو کر اپنے آرام واطمینان سے دُشمن بی گاڑی کا انتظار کرنے لگا۔

بارے بی صاحبہ آئیں، خراماں خراماں، بل کھاتی، انگڑائیاں لیتی آئیں اور مسافروں کا ٹڈی دَل اُن پر ٹوٹا۔ اُترنے والے مسافر ڈبوں میں کھڑے ہیں۔ قلی اُن کے سامان اُتارنے کی فکر میں منہمک ہیں۔ مگر جانے والے مسافروں کے قلی اُن پر اس طرح غرّا رہے ہیں جس طرح کوئی کتا اپنے گھر میں اپنے کسی اجنبی ہم جنس کو دیکھ کر غرّاتا ہے۔ اس عجلت اور جھلاہٹ

کے دو سبب ہیں۔ ایک تو اپنے مسافر کے ساتھ ہمدردی جتا کر اُس سے مقررہ وموعودہ مزدوری کے علاوہ انعام لینے کا بہانہ۔ دوسرے اپنے بابوجی کو ٹھکانے لگانے کے بعد اُترنے والے مسافروں میں سے کسی کا اسباب اُٹھائے جانے کی اُمید۔ چنانچہ میرا قلی بھی نہ معلوم کتنے قلیوں کو جھڑکتا، اور بیسیوں مسافروں کو دھکیلتا میرے اسباب لیے ایک ڈبے میں گھس ہی گیا، اور میرا بکس اور بستر ایک برتھ پر رکھ کر ایک اُترنے والے مسافر سے اپنے لیے مزدوری چکانے لگا۔ مجھے بھی اپنے اسباب کی خاطر مع اخباروں اور ناول کے بنڈل کے اسی کشمکش سے گزر کر ڈبے میں داخل ہونا ہی پڑا۔ اور مَیں نے جھٹ پٹ اپنا بستر اکھول کر پورے برتھ پر قبضہ کر لیا۔

یہ سارا ہنگامہ چند ہی منٹ کا تھا۔ اس لیے کہ پورا ڈبہ اس اسٹیشن پر خالی ہو گیا اور اب مَیں 'سکندر سالکرک' کی طرح جو کچھ نظر آتا تھا سب کا مالک ومختار تھا۔ چنانچہ مَیں نے جلدی سے شیروانی اُتار کر اپنی بنچ سے قریب والی کھونٹی پر لٹکائی۔ پان اور سگریٹ کی ڈبیاں سرہانے تکیے کے نیچے رکھیں، پرس کُرتے کی جیب میں ڈال لی اور سارے اخبار ورسائل پہلو میں رکھ کر بنچ پر دراز ہو گیا۔

مگر گرمی تھی کہ الاماں والحفیظ۔ نہ معلوم آگرے کی سرزمین میں اس بلا کی حدت کہاں سے آ گئی ہے۔ شاید یہ ہزارہا کشتگانِ ناحق کے خون کی حرارت ہے، جس سے آگرہ کی مٹی کا خمیر بنا ہے، یا اُس سوزشِ قلب کا نتیجہ ہے جس نے شاہجہاں کو تاج محل سا مقبرہ بنوانے پر بھی چین سے بیٹھنے نہ دیا۔ بہرنوع وجوہ خواہ جذباتی ہوں یا کیمیائی، جغرافیائی ہوں یا شاعرانہ، ہے یہی کہ آگرے سا جلتا بھنتا شہر ہندوستان میں کم ہی نکلے گا۔ مَیں نے اس لیے 'پوائنیر' سے وہی کام لینا شروع کیا جو آپ کو اس اخبار کے اشتہار کے سلسلے میں چند چوکیدار لیتا دکھائی دے گا۔ یعنی اسے بجائے پڑھنے کے اس سے پنکھا جھلنا شروع کیا۔

ابھی پسینہ خشک بھی نہ ہونے پایا تھا اور میں اشتہار کے اُس ٹکڑے پر کہ ''تم اسے پڑھ بھی سکتے ہو'' عمل پیرا نہ ہو سکا تھا کہ دفعتاً گاڑی کا بند دروازہ کھلا اور ایک بابوجی داخل ہوئے۔ یہی کوئی پچیس تیس برس کے رہے ہوں گے۔ ننگے سر، بال چھوٹے چھوٹے، مشین سے کٹے ہوئے، چٹیا ذرا نمایاں، پیشانی پر قشقہ، قمیض دھوتی اور چپل پہنے، ایک ہاتھ میں ایک چھوٹا سا اٹیچی، ایک میں ایک کمبل میں تکیہ لپٹا ہوا، آئے اور برابر والے برتھ پر کمبل بچھا اور تکیہ لگا کر بیٹھ گئے۔ اٹیچی اُنھوں نے سامنے اس طرح رکھ لی جس طرح پان بنانے والیاں پاندان سامنے رکھتی ہیں۔

مَیں نے اُن کی صورت شکل کا اخبار کے پیچھے سے جائزہ لیا، تو چہرے مہرے سے خاصے تیز اور پڑھے لکھے آدمی معلوم ہوتے تھے۔ پیشانی بڑی اور چمکتی ہوئی، آنکھیں اوسط درجے کی مگر بھوری، کلا چوڑا، دانت سپید چمکتے ہوئے۔ داڑھی مونچھ دونوں صاف، ٹھوڑی بڑی تھی اور بیچ میں ذرا دَبی ہوئی۔ قد و قامت اوسط درجے کا تھا اور جسم خاصا سڈول تھا۔

بابو جی نے اپنی اٹیچی کھولی اور اس میں سے اُوپر ہی رکھا ہوا تولیہ نکالا اپنے چہرے اور گردن کا پسینہ پونچھا۔ پھر میری طرف مڑ پڑے۔

انہوں نے پوچھا: ''آپ کہاں تشریف لے جائیں گے؟''

مَیں نے کہا: ''لکھنؤ!''

''کیا وہیں دولت خانہ ہے؟''

مَیں نے کہا: ''جی نہیں۔ دو ایک دن کے لیے وہاں قیام کر کے دوستوں سے ملنا ہے۔''

بولے: ''اچھا!''

مَیں نے سوچا کون زیادہ وقت ضائع کرے اخبار اور ناول پڑھنا ہے۔ جلدی سے اُن کی طرف لیڈر بڑھا کر کہا: ''لیجیے آج کا اخبار دیکھئے گا؟

اُنھوں نے: 'شکریہ' کہا اور لیڈر میرے ہاتھ سے لے لیا۔ اتنے میں انجن نے سیٹی دی اور گاڑی رینگ چلی۔ مَیں اخبار دیکھنے میں مشغول ہو گیا۔ مگر مَیں نے یہ محسوس کیا کہ جس جس طرح ریل پٹریاں بدل رہی تھی، اُسی طرح میرے ساتھی بھی پہلو بدل رہے تھے۔ وہ جلدی جلدی اخبار کے سارے ورق اُلٹ گئے۔ پھر انہوں نے کھڑکیوں سے جھانکنا شروع کیا، پھر سیٹی بجانے لگے۔ پھر اٹیچی کھولی، اُس سے کچھ کاغذات نکالے، اُن کو اُلٹتے پلٹتے رہے۔ مَیں نے اُن کی بے چینی سے متاثر ہو کر بالآخر اخبار رکھ دیا، اور اُن سے کہا:

''کیوں کیا کوئی دوسرا اخبار دوں؟''

وہ عجیب طرح مسکرا کر بولے: ''جی نہیں، مَیں نے ابھی یہی نہیں پڑھا۔''

مَیں نے پھر اپنا اخبار اُٹھایا، وہ فریادیوں کی طرح ہاتھ پھیلا کے بولے۔ ''اگر آپ بُرا نہ مانیں تو مَیں عرض کروں گا کہ آپ بھی اخبار نہ پڑھیں۔ مَیں نے انھیں ذرا چیں بجبیں ہو کر دیکھا، وہ جلدی سے بولے'' میرا یہ مطلب ہے کہ بجائے اس کے ہم کچھ باتیں کریں۔''

مَیں اِس عجیب وغریب فرمائش پر یقیناً کوئی سخت جواب دیتا، مگر مَیں اُن کی ملتجی صورت اور اُن کے حسرت بھرے لہجے سے متاثر ہوئے بغیر نہ رہ سکا۔ ایسا معلوم ہوتا تھا جیسے یہ شخص انسانی ہمدردی کا بھوکا ہے۔ اس کے دل پر کسی اہم راز کا بوجھ ہے جسے وہ کسی اجنبی سے کہہ کر ہلکا کرنا چاہتا ہے۔

مَیں نے اخبار رکھ دیا، اُٹھ کر بیٹھ گیا۔ اُن کی طرف سگریٹ کی ڈبیا بڑھا کر کہا: ''بسم اللہ شوق کیجیے۔'' انھوں نے تسلیم کر کے اس مَیں سے ایک سگریٹ نکال لی۔ پھر میری طرف اُسی کو بڑھا کر کہا: ''اب آپ میری جانب سے اسی سگریٹ کو پیجیے۔'' مَیں نے انھیں پھر حیرت سے دیکھا۔ وہ بولے: ''جی میں اس نعمت سے محروم ہوں۔''

مَیں نے گھبرا کر اُن سے پوچھا'' کیا دولت خانہ لکھنؤ ہے؟''

انھوں نے مجھے استعجاب سے دیکھ کر پوچھا ''جی، آپ نے یہ کیونکر جانا؟''

مَیں نے کہا: ''آپ کی گفتگو اور تہذیب سے۔''

وہ بولے: ''جی ہاں، غریب خانہ وہیں ہے۔ مَیں پنڈتوں اور بڑے کٹر طرح کے برہمنوں کے خاندان سے ہوں، اس لیے اس طرح کی کوئی چیز کبھی استعمال نہیں کر سکا۔''

مَیں نے کہا: ''تو آپ بڑے خوش قسمتوں میں سے ہیں۔ ہم لوگ خواہ مخواہ پیسے بھی ضائع کرتے ہیں اور صحت بھی برباد کرتے ہیں۔''

کہنے لگے۔ ''جی، آپ کا ارشاد بجا اور درست ہے، مگر یہ بھی ضرور ہے کہ لطفِ صحبت بغیر ان چیزوں کے حاصل نہیں ہوتا۔''

مَیں نے کہا: ''خیر یہ تو آپ میرے خیال اور میری خاطر سے کہہ رہے ہیں، لیکن اتنا ضرور سچ ہے کہ بعض وقت اس سگریٹ سے غم غلط کرنے میں بڑی مدد ملتی ہے۔

میری زبان سے 'غم غلط' کا لفظ نکلتے ہی اُن کے چہرے کا رنگ بدل گیا۔ آنکھوں میں آنسو بھر آئے اور اُنہوں نے جلدی سے میرے ہاتھ سے سگریٹ لے کر منہ میں لگالی، مَیں نے دیکھا اُن کے ہاتھ کانپ رہے تھے۔ مَیں نے اُن کی طرف دِیا سلائی بڑھادی۔ اُنہوں نے بالکل ایک نئے سگریٹ پینے والے کی طرح سگریٹ جلائی۔ جلدی جلدی اُس کے دو تین کش کھینچے اور کھانسنے لگے۔ اُن کے آنسو آنکھوں سے بہہ کر گالوں پر آ گئے۔ مَیں نے گھبرا کر کہا:

''اجی اسے پھینک بھی دیجیے۔ آپ عادی نہیں، چکّر آ جائے گا۔''

اُنہوں نے سگریٹ پھینک دی، پھر دونوں ہاتھوں سے سر پکڑ کر سسک سسک کر رونے لگے۔ مَیں گھبرا کر اپنی سیٹ سے اُٹھا اور اُن کی سیٹ پر جا کر بیٹھ گیا۔ وہ میری قربت محسوس کر کے اور زیادہ پھوٹ پھوٹ کر رونے لگے۔

اب ذرا آپ میری بے بسی کو محسوس کیجیے۔ ایکسپریس پوری رفتار سے چلی جا رہی ہے، پورے ڈبے میں ہم دو آدمی ہیں۔ دونوں اجنبی ضرور ہیں، مگر دونوں پڑھے لکھے بھلے مانس ہیں، آپس میں اب تک جتنی باتیں ہوئیں وہ بھی خلوص و ہمدردی، تہذیب و شائستگی کی۔ ان میں سے ایک اچھی خاصی باتیں کرتے کرتے، دفعتاً پھوٹ پھوٹ کر رونے لگتا ہے۔ دوسرا سوائے اس کے اور کیا کر سکتا ہے کہ وہ اخباروں اور ناولوں کو چھوڑ کر اپنے ہمراہی کی دل دہی کرے اور اس کے غم و رنج کا سبب دریافت کر کے اس سے ہمدردی کرے؟ یہی انسانیت کا تقاضا ہے اور یہی فطرت و بشریت کا اقتضا۔ مَیں نے اُن کی پیٹھ پر ہاتھ رکھ کر کہا: ''پنڈت جی، یہ آپ کیا کرتے ہیں۔ اس طرح کا رونا تو مردوں کو زیب نہیں دیتا۔''

وہ سسکتے ہوئے بولے: ''مگر جس طرح کا غم مجھ پر پڑا ہے، اگر پہاڑ پر بھی پڑتا تو وہ بھی پانی ہو کر بہہ جاتا۔ مَیں تو پھر انسان ہی ہوں۔''

مَیں نے کہا: ''تو آپ مجھ سے بیان کر ڈالیے۔ اس سے دل کی بھڑاس نکل جائے گی اور طبیعت ہلکی ہو جائے گی۔''

اُنہوں نے اپنے تولیے سے آنسو پوچھ ڈالے۔ مَیں نے اپنی جیب سے نکال کر اُنہیں چند اِلائچیاں دیں۔ وہ اُنہوں نے چبائیں، پھر بولے۔ ''آپ نے سچ کہا، مجھے زیادہ تکلیف شاید اسی لیے ہے کہ میں نے آج تک کسی سے اس قصّے کو بیان نہیں کیا۔ مجھے خاندان کے نام کی بڑی لاج تھی۔ آپ اجنبی ہیں، ریل کا ساتھ ہے۔ خدا جانے آپ سے پھر کبھی اس جنم میں ملاقات ہو یا نہ ہو، مَیں سمجھتا ہوں آپ سے کہہ ڈالنے میں کوئی ہرج نہیں۔''

مَیں نے کہا: ''آپ اطمینان رکھیں، مَیں بھی اسے کبھی زبان پر نہ لاؤں گا۔''

وہ میری طرف مُڑ کر بولے: ''اچھا تو سنیے۔ مَیں نے جیسا آپ سے عرض کیا۔ مَیں برہمن ہوں اور میرا خاندان بڑا کٹّر ہے۔ بس اسی سے سمجھ لیجیے کہ میں اپنے گھر میں پہلا آدمی

ہوں جس نے انگریزی پڑھی، ورنہ کسی نے سوائے سنسکرت کے کوئی دوسری زبان پڑھی ہی نہیں۔ سب ہمیشہ ہندو تعلق داروں کے خاندانی پروہت رہے۔ میرے متعلق بھی یہی خیال تھا کہ میں بھی خالی سنسکرت پڑھایا جاؤں۔ مگر میرے والد نے مجھے غیر معمولی طور پر تیز دیکھ کر، دوستوں اور ملنے والوں کے کہنے پر انگریزی اسکول میں داخل کرایا۔ سارا خاندان اسی پر اُن سے خفا ہوگیا۔ دو چار نے تو کھانا پینا، آنا جانا بند کر دیا۔ مگر وہ بھی اپنی ضد پر قائم رہے اور میں انگریزی پڑھتا ہی رہا۔ بس اُنھوں نے اتنا ضرور کیا کہ مجھے انگریزی کے ساتھ ساتھ اپنی آبائی زبان سنسکرت بھی پڑھاتے رہے۔ مَیں تمام امتحانات میں ہمیشہ اوّل آتا رہا۔ بلکہ دو چار درجوں میں مَیں نے انعامات بھی حاصل کیے۔ یہ دیکھ کر اُن کے حوصلے اور بھی بڑھے اور اُنہوں نے طے کرلیا کہ وہ مجھے اعلیٰ سے اعلیٰ تعلیم دلائیں گے۔ جس سال مَیں نے انٹرنس کا امتحان اوّل درجے میں پاس کیا، اُن کی خوشی کی انتہا نہ تھی۔ اُنہوں نے مجھے خبر بھی نہ دی اور اپنے امیر عزیزوں سے قرض لے کر ایک بہت بڑا ہوَن کیا اور برادری بھر میں مٹھائیاں تقسیم کیں۔ ایف۔اے۔ کی تعلیم کا اُنہوں نے کیونکر انتظام کیا، اسے بھگوان جانے۔ مگر کتابوں کے دام دیتے وقت ماتا جی نے صرف اتنا کہا کہ ''بیٹا، خوب جی لگا کر پڑھنا اور ایسا کرنا کہ برادری بھر میں ہماری ناک اُونچی رہے۔'' مَیں نے اُن سے وعدہ کیا کہ ایسا ہی ہوگا۔ مَیں نے کیننگ کالج میں نام لکھوایا اور پڑھنے لگا۔ وہاں تعلقہ داروں کے لڑکوں کا ساتھ، پڑھنا اور اُن سے ملنا جلنا، خواہ مخواہ ٹھاٹ باٹ پر مجبور کرتا تھا۔ ماں باپ کا یہ حال کہ میں جو کچھ کہتا وہ پورا کرتے۔ سائیکل لے دی، سوٹ بنوا دیے، فاؤنٹین پن خرید دیے، اور ان تمام خرچوں کے علاوہ دس روپیہ ماہوار مجھے جیب خرچ کے طور پر دیتے تھے۔ یہاں یہ حالت کہ یہ تو روزانہ کی چاٹ کے لیے کافی نہ ہوتا تھا۔ پھر سینما کا بھی شوق ہوگیا۔ نتیجہ یہ تھا کہ گھر کی حالت روز بروز بد سے بدتر ہوتی گئی، اور میرا فیشن بڑھتا ہی گیا۔ لیکن مَیں بابو جی اور ماتا جی کے دل کی کہتا ہوں کہ اُن کے چہرے پر مَیل نہیں آیا۔ لوگ ان سے میری شکایت کرتے، میری فیشن پرستی اور فضول خرچیوں کی کتھا بیان کرتے، مگر وہ نہ مجھے ڈانٹتے، نہ روکتے۔ اُن کو مجھ پر پورا بھروسا تھا... بہر حال ایف۔اے کا امتحان آیا اور اس میں مَیں بیٹھا۔ مَیں نے اس کے لیے محنت تو بہت کی تھی، مگر وہی آخری وقت، جب نتیجہ نکلا تو میں پاس ہوا مگر تیسرے درجے میں۔ بابو جی کو اتنا رنج ہوا کہ وہ

بیمار ہو گئے۔ اُنھیں دل کی بیماری پہلے ہی سے تھی۔ میرے تیسرے درجے میں پاس ہونے سے زیادہ ہم چشموں کے طعنے اور برادری والوں کے ہنسنے نے اُن کے ساتھ وہی کیا جو ٹمٹماتے ہوئے دِیا کے ساتھ ہَوا کا تیز جھونکا کرتا ہے۔ اُن کی آتما تو دوسرے جنم کی تیاریوں میں مشغول ہو گئی اور میرے لیے ساری دنیا اندھیری رات بن گئی۔

پتا جی کی موت اور اُس کی رسمیں جیسے بنیں، کی گئیں۔ اس میں ماتا جی کی سونے کی ہنسلی، ہاتھوں کے کڑے اور کچھ چھوٹے چھوٹے زیور بیچ ڈالنے پڑے۔ اب آپ ہی سمجھیے، مَیں اچھا خاصا ہٹا کٹا جوان، ایف۔اے پاس، مگر بجائے اس کے کہ ماں کو کما کر کھلاتا، اُن کو ڈھارس دیتا، بیکاروں کی فہرست میں نام لکھوائے بیٹھا تھا اور ماں کے کریا کرم کے لیے ماں کے زیور سناروں کے ہاتھ بیچ رہا تھا۔ میرے دل پر جو کچھ گزرتی تھی وہ آپ خود ہی سمجھ سکتے ہیں۔ مگر اس طرح کی زندگی کتنے دِنوں بسر ہو سکتی تھی؟ مَیں نے اب نوکری ڈھونڈھنا شروع کی۔ مگر نوکری تلاش کر لینا آج کل اتنا ہی آسان کام ہے جتنا کہ پیال سے بھری ہوئی بیل گاڑی میں زعفران کے بیج تلاش کر لینے کا۔ ایک دفتر سے دوسرے دفتر، ایک دُکان سے دوسری دُکان کا پھیرا کرتے کرتے پاؤں دُکھنے لگتے، جوتے کا تلا گھس جاتا، مگر نوکری کی صورت خواب میں بھی دِکھائی نہ دیتی تھی۔ یہ مصیبت تو خیر ہر نوجوان کو جھیلنا پڑتی ہے۔ میرے معاملے میں جو بُری بات ہوئی وہ یہ تھی کہ جس جس طرح میں ناکامیاب ہوتا جاتا تھا ویسے ہی ویسے مجھ میں جھلاّہٹ بڑھتی جاتی تھی۔ نہ کوئی بہن تھی نہ بھائی تھا اور نہ اب کوئی نوکر چاکر کہ اس پر یہ غصہ نکلتا، بس ماتا جی تھیں اور مَیں تھا، اور ساری جھلاہٹ اُنہیں کے بوڑھے چونٹوں کے سر جاتی۔ وہ سیدھی بات بھی کہیں، تو میرے مرچیں سی لگ جاتیں، اُن کی ہمدردی دُشمنی معلوم ہوتی اور اُن کی ممتا بالکل مکّاری اور خود غرضی!"

مَیں سگریٹ جلانے لگا تو اُنھوں نے جلدی سے ہاتھ بڑھایا۔ مَیں نے پھر ایک سگریٹ کا خون کیا، اُنھوں نے اُسے 'کانا' جلایا۔ جلدی جلدی دو تین کش اس طرح کھینچے کہ کھانسنے لگے۔ اور غصہ میں اسے چٹکیوں میں مسل کر پھینک دیا۔ پھر وہ بولے۔ "بھگوان ہی جانے کہ اگر بابو چھمی پرشاد نہ آگئے ہوتے تو میری کیا دَشا ہوتی۔ میں کسی دن ماتا جی اور اپنے کو جان سے مار کر اس جھگڑے ہی کو چکا دیتا، یا پھر پاگلوں کی طرح کہیں گلیوں میں تنکے چنتا ہوتا۔ بابو چھمی

پرشاد جی گرمی تھے، آریہ تھے، پتاجی کے بڑے ماننے والوں میں تھے اور متھرا سے ایک ہندی اخبار نکالتے تھے۔ لکھنؤ کسی ضرورت سے آئے تو بابوجی کے مرنے کی خبر معلوم کرتے ہی ہمارے یہاں پہنچے۔ ماتاجی اُن کو آواز سناتی تھیں، اُنھوں نے رو رو کر اُن سے اپنا سارا دُکھ درد کہہ ڈالا۔ پچھی پرشاد جی پر بڑا اثر ہوا اور اُنھوں نے مجھ سے اپنے ساتھ متھرا چلنے کو کہا۔ ماتاجی بھی راضی ہوگئیں اور مَیں بھی اُن کی انسانیت اور اُن کی ہمدردی سے مجبور ہوکر اُن کے ساتھ چلنے پر آمادہ ہوگیا۔‘‘

وہ تھوڑی دیر چپ رہے، پھر بولے: ’’متھرا پہنچتے ہی میری زندگی میں ایک بہت بڑا انقلاب ہوگیا۔ پچھی پرشاد جی کی بڑی کوٹھی میں قیام، اچھے سے اچھا کھانے کے لیے، ایک علیحدہ دباورچی خانہ اور کہار، اور اُنھیں کے دفتر میں ملازمت۔ مگر ان سب سے زیادہ جس چیز کا سب سے گہرا اثر مجھ پر ہوا وہ ان کی تیرہ چودہ سال کی لڑکی رمّو تھی۔ مَیں اُس کی صورت شکل آپ سے کیا بیان کروں۔ ایک ٹھنگنے قد کی دُبلی پتلی لڑکی، گندمی رنگ، ہنس مکھ چہرہ، آنکھیں بڑی، شرارت سے بھری ہوئی۔ ہر وقت ہنستی اور چھیڑ چھیڑ کر ہنساتی تھی۔ ایک سیکنڈ اس سے نچلا نہ بیٹھا جاتا تھا۔ کبھی گا رہی ہے، کبھی نوکروں کو بنا رہی ہے، کبھی بابوجی کی کتابیں اُلٹ پلٹ رہی ہے، اور کبھی میرا منہ چڑا رہی ہے۔ ممکن ہی نہیں کہ آپ اُس کے پاس بیٹھے ہوں اور پھر آپ کے چہرے پر شکن دکھائی دے۔ آپ کو کسی اَمر کا غم بھی ہو، یا آپ کسی بات کی فکر بھی کرسکیں۔ اگر آپ بابوجی کے سنوں کے ہوں گے تو آپ علیحدہ بیٹھے ہنستے ہوں گے، لیکن اگر کہیں آپ نوجوان ہیں، بیس کے اندر ہی عمر والوں میں ہیں تو پھر آپ بھی تھوڑی دیر کے لیے رمّو کی شرارتوں میں شریک ہوں گے اور عجب نہیں کہ اس کے ساتھ فرش پر قلابازیاں کھاتے ہوں گے۔ لیکن اس سے یہ نہ سمجھئے گا کہ رمّو کوئی بے وقوف مسخری لڑکی تھی۔ جی نہیں، وہ بلا کی ذہین بھی تھی اور اس کا جیسا حافظہ تو شاید ہی کسی کو ملا ہوگا۔ وہ جس کتاب کو ایک بار پڑھ لیتی وہ اسے حرف بحرف یاد ہوجاتی۔ بس اسی سے سمجھئے کہ بابوجی کا پورا پورا ایڈیٹوریل وہ ہر روز اخبار دیکھتے ہی اُن کے سامنے دُہرا دیتی، اور پھر باپ کے سامنے ہی انھیں کے کسی لفظ یا کسی فقرے کو لے کر ایسے ایسے جملے تراشتی، ایسی ایسی پھبتیاں کستی، کہ وہ بھی ہنسی سے بیتاب ہوجاتے۔ اس ذہانت اور اس حافظے کے بعد یہ کہنا کہ وہ اپنے درجے میں برابر اوّل آتی تھی اور اپنی پرنسپل اور

اُستانیوں کی لاڈلی تھی، ایک بیکار ہی سی بات ہوگی۔

مَیں جب متھرا پہنچا ہوں تو وہ نویں درجے میں تھی اور گھر پر گانا اور ناچنا سکھائی جا رہی تھی۔ چونکہ مَیں نے ایف. اے ریاضی میں پاس کیا تھا۔ اس لیے بابو جی نے مجھ سے کہا کہ رمّو کی ریاضی کی طرف ذرا خاص خیال رکھنا۔ رمّو اس مضمون میں دوسرے مضامین سے نسبتاً کمزور تھی۔ اس کی وجہ بھی ظاہر تھی۔ وہ کسی مضمون پر جم کر کئی گھنٹے محنت نہیں کر سکتی تھی اور ریاضی بغیر اس کے آتی ہی نہیں۔ بہر حال مجھے رمّو کی ریاضی کی ماسٹری بھی سپرد ہوئی۔

مگر پہلے ہی دن سے رمّو نے بجائے ایک اُستاد کی طرح عزّت کرنے کے مجھ سے ایک کھلونے کی طرح کھیلنا شروع کر دیا۔ بہت دنوں کے بعد اسے ایک ایسا ساتھی ملا تھا، جو ایک حد تک اس کا ہم عمر بھی تھا، اور اسی کے گھر میں رہتا بھی تھا۔''

ہم عمری کا لفظ مجھے کچھ دل میں کھٹکا سا تھا۔ اِس لیے کہ بابو صاحب مجھ سے بتا چکے تھے کہ وہ اس وقت اُنیس بیس برس کے تھے اور خود رمّو کا سن تیرہ چودہ برس کا تھا۔ گویا خاصا پانچ چھ سال کا فرق تھا۔ مگر مَیں نے زبان سے کچھ نہیں کہا۔ وہ شاید میرے چہرے سے سمجھ گئے کہ مجھے اُن کے اس فقرے پر اعتراض سا ہے۔ اس لیے وہ رُک کر کہنے لگے۔ ''شاید آپ نے پانچ چھ برس کے فرق کو عورت مرد کی ہم عمری کے خلاف سمجھا ہے، مگر ایسا نہیں ہے۔ پھر رمّو معمولی لڑکیوں سے بالکل ہی مختلف تھی۔ وہ جتنی شریر، شوخ، چنچل اور تیز تھی، اُتنی ہی سمجھ دار اور ذی فہم بھی تھی۔ اِس میں یہ خاص بات تھی کہ وہ ایک منٹ پہلے اگر آپ کو تیرہ برس کی لڑکی محسوس ہوگی تو دوسرے ہی منٹ میں ایک مکمل عورت۔ مزاج کیا تھا برسات کی رُت۔ ابھی اُبر کا ٹکڑا ہٹا تو وہ تیز دُھوپ کہ سارا نگر جل اُٹھا۔ ابھی ابھی کالا بادل جھوم کے برسا تو وہ ٹھنڈک، وہ آرام کہ بے ارادہ آنکھ بند ہوئی جا رہی ہے۔ ایسے سے میں باتیں بھی ایسی پیاری کرتی کہ معلوم ہوتا بجلی گرانے والی رمّو نہیں بول رہی ہے، بلکہ ماں ہمیں پالنے میں لٹائے لوری دے رہی ہے۔ آپ یوں بظاہر چاہے جاگتے ہی رہیں، اور بھلا رمّو کے پاس بیٹھ کر کس کی شامت آئی ہے کہ وہ سو جائے۔ مگر آپ کی عقل، آپ کی خودداری، آپ کی آزادی رائے، سب کچھ سو جائے گی۔ آپ کی حالت بالکل ہی مسمریزم سے معمول کیے انسان کی ہو جائے گی۔''

اب آپ ہی انصاف فرمایئے کہ ایک اُنیس بیس برس کا نوجوان مرد، اور ایک اس طرح

کی چنچل لڑکی، رات دن کا ساتھ، تخلیے کی کوئی کمی نہیں، پڑھنے اور پڑھانے کا بہانہ، بڑا بوڑھا کوئی روکنے والا نہیں، پھر اگر میں یہ بھول گیا کہ میں برہمن ہوں اور رمّو ایک شودر، تو کون سی تعجب کی بات ہے؟ میری باتوں سے تو آپ سمجھ ہی گئے ہوں گے کہ رمّو میں تمام وہ خوبیاں، وہ صفتیں موجود تھیں جن کی ایک معشوقہ، یا ایک بیوی میں تلاش ہوتی ہے۔ وہ جس گھر میں بھی بیاہ کے جاتی وہاں راج کرتی، شوہر کے دل کی مالک بنتی، ساس سسرے کے دل میں ٹھنڈک ڈالتی اور اپنوں پرایوں کا من موہ لیتی۔ مگر مَیں نے شاید آپ سے یہ نہیں کہا کہ انشا پردازی سے اُسے ایک فطری لگاؤ تھا اور آپ کا یہ خادم بھی اس فن سے خاص مناسبت رکھتا ہے۔ چنانچہ بابوجی کی نگرانی میں چند ہی دِنوں میں مَیں نے اخبار کے ادبی حصّہ نظم ونثر کو ایڈٹ کر کے اس میں چار چاند لگا دیے۔ خود میرے مضامین اور نوٹ کی پبلک میں دھوم مچ گئی اور رمّو کی یہ حالت تھی کہ وہ تعریف کرتے کرتے چشم پُر آب ہو جاتی تھی... اُف!

بھائی صاحب دُنیا میں مصنف، شاعر مضمون نگار سے زیادہ چاپلوسی اور تعریف کا بھوکا کوئی رئیس اور بادشاہ بھی نہیں ہوتا۔ یہ ہم مصنفوں نے ہی اپنی کمزوری بادشاہوں اور ڈکٹیٹروں کے سر منڈھ دی ہے۔ بادشاہ اپنی طاقت، اپنی حکومت، اپنے اختیارات کی وسعت پر اگر گھمنڈ کرے اور ایسوں کی چاپلوسی سے خوش ہو جن کی جان و عزّت، آبرو اس کے قبضہ قدرت میں ہو، تو کوئی جائے تعجب نہیں، لیکن ہم مصنّفین، انشا پرداز اور شاعر جن کے قبضے میں سوائے ایک ٹوٹے سے قلم اور ایک ورق کاغذ کے کچھ نہیں ہوتا، چند ٹیڑھے ترچھے نشانات بنا کر اتنا گھمنڈ کرتے ہیں کہ ضحاک وافراسیاب، دریودھن اور راون کا غرور بھی اس کے سامنے شرماتا ہے۔ پھر اگر کہیں تعریف کرنے والے بھی مل گئے، تو ہم میں سے ہر ایک گدائے متکبر ہی نہیں بن جاتا ہے بلکہ مرکز ومنبع صد تجر وافتخار بن جاتا ہے۔ میرے معاملے میں تو مجھے رمّو کی چُپڑ نے مارا۔ اس کے تعریف کرتے ہوئے چمکتے چہرے اور اُس کی نم آلود غزالی آنکھوں نے اس طرح بیخود و بدحواس بنا دیا کہ مَیں اپنی اصل اور اُس کی نسل سب کچھ بھول گیا... ہائے اِس بھول جانے میں کیسا امن، کیسا اطمینان اور کیسا رس تھا! بس اسی سلسلے کا ایک واقعہ مثال کے طور پر بیان کردوں۔ مَیں آپ کو زیادہ زحمت تو نہیں دے رہا ہوں؟''

مَیں نے جلدی سے کہا: ''نہیں! نہیں! مَیں بڑی دلچسپی سے سن رہا ہوں!'' اُنہوں نے

خود بڑھ کر میرے سامنے رکھی ہوئی سگریٹ کی ڈبیا اُٹھالی اور پھر ایک سگریٹ نکال کر جلائی، پھر دُھواں اندر کھینچتے ہی کھانسنے لگے اور پھر اُنہوں نے اُسے جلدی سے کھڑکی سے پھینک دیا۔ میرے مسکرادینے پر وہ ذرا سے چونکے۔گھبرا کر بولے۔''بھائی صاحب مجھے معاف کیجیے گا۔ مَیں نے بغیر اجازت لیے پھر آپ کی ایک سگریٹ کا خون کیا۔''

مَیں نے کہا:''پنڈت جی اب تو ہمارے آپ کے تعلقات ان تکلفات سے بالاتر ہو چکے ہیں۔''اُنھوں نے ہاتھ جوڑ کر بڑے خلوص سے مجھے سلام کیا۔پھر بولے۔

''واقعی آپ بڑے شریف اور نیک ہیں... ہاں تو مَیں آپ سے ایک چھوٹا سا واقعہ رمّو کی قدر دانی کا بیان کرنے جارہا تھا۔آپ اسی سے سمجھ لیں گے کہ اس چھوٹی سی لڑکی کی تعریف میں کیسا جادو بھرا تھا۔ایک دن مَیں نے عشق مجازی و حقیقی سے بحث کرتے ہوئے اخبار میں لکھا —پریمی مدن کے بان کا شکار ہوتا ہے،مگر گیانی اِن بان کا نشانہ بنتا ہے جس نے مدن کو پریم کا دیوتا بنا دیا—مَیں اس فقرے کے لکھنے پر خود بھی خوش تھا لیکن جب میں اخبار نکلنے پر گھر پہنچا تو مَیں نے دیکھا تازہ اخبار ہاتھ میں لیے رمّو پھاٹک پر منتظر کھڑی ہے،اس کے بال بکھرے ہوئے تھے،اس کی آنکھیں خوشی سے چمک رہی تھیں۔وہ دیکھتے ہی میری طرف جھپٹی،اور اس نے میرا داہنا ہاتھ اپنے کنول سے ہاتھوں میں لے کر اپنی ہرنی کی سی آنکھوں سے لگالیا۔اور یہ سب اس قدر سُرعت،بیساختگی اور خلوص سے کہ مَیں ایک لفظ بھی زبان سے نکال نہ سکا،اور یہ اظہارِ عقیدت مندی انجام پا گیا!مَیں نے کوئی نصف منٹ بعد اُس بظاہر دلربا مگر بہ باطن صاعقہ گرانے والی بلا سے پوچھا تو اُس نے ایک جوہی کی ٹہنی سے زیادہ نازک اُنگلی،گلاب کی پنکھڑی ایسے ہونٹ پر رکھ کر اشاروں میں خاموش رہنے کا حکم دیا،اور ہاتھ پکڑے مجھے میرے کمرے میں لائی۔وہاں مَیں نے سناتن دھرمی ہونے کی وجہ سے ایک چھوٹی سی مورتی پیتل کی رکھ چھوڑی تھی،مَیں نے دیکھا تو آج اس مورتی کے سامنے کچھ پھول اور مٹھائی رکھی ہے اور ایک بتی جل رہی ہے۔مجھے کھینچتی ہوئی مورتی کے سامنے لائی اور دونوں ہاتھ جوڑ کر بولی۔

''اے بھگوان تو سدا ان ہاتھوں کو اور اس میں رہنے والے قلم کو اپنے شرن میں رکھیو!''پھر مورتی کے سامنے رکھے ہوئے ہار اُٹھا کر میرے گلے میں ڈال دیے میں نے گھبرا کر پوچھا۔

''ارے یہ کیا کر رہی ہو رمّو۔تم کو آج کیا ہو گیا ہے۔''تو وہ ہر لمحہ ہنسنے والی آنکھوں میں

آنسوڈبڈبا کے بولی:

"مدن کے بان کے شکار خود ان کو شکار کرنے والے کی یونہی پوجا کرتے ہیں! اُف! کیسی من موہنی گھڑی تھی!"

اور پھر میرے ایک سگریٹ کا خون ہوا۔ پھر میری طرف دیکھ کر معافی مانگنے والے انداز سے اُنہوں نے دیکھا۔ پھر وہ خاموش ہو رہے اور بہت آہستہ آہستہ بولے۔ "غرض ان دو برسوں میں مَیں صرف ایک ایڈیٹر اور ایک ماسٹر ہی نہ رہا۔ بلکہ ایک دیوتا اور ایک پجاری بھی بن گیا!"

ایک بڑے اسٹیشن پر گاڑی رُکی، دو ایک نئے مسافر ہماری گاڑی میں بھی سوار ہوئے۔ مَیں نے دیکھا بابو جی تخلیہ نہ باقی رہنے اور آپ بیتی کے ناتمام رہ جانے سے پہلو بدلنے لگے۔ خود میرے یہاں اختتام سننے کے لیے دل بےچین تھا، پنکھے لگے تھے۔ مَیں نے اُن سے کہا "میری ہی سیٹ پر چلے آیئے۔" وہ مع اپنے سوٹ کیس کے میرے ہی برتھ پر آ بیٹھے، اور گاڑی کے روانہ ہونے کا بےچینی سے انتظار کرنے لگے۔ بالآخر گاڑی چلی۔ مَیں نے پوچھا "پھر کیا ہوا؟"

وہ آہستہ سے بولے "مَیں جال میں نئی پھنسی ہوئی چڑیا کی طرح پھڑ پھڑانے لگا۔ ماں کا ڈر، وہ کٹر سناتنی، بڑے خاندان کی برہمنی، رمّو شودر، پھر آریہ سماجی میں کسی کو چھوڑ نہیں سکتا تھا، ماں بوڑھی بیکس کیا کرتی۔ مَیں ہی تو اُس کا آسرا، اُس کا سب کچھ تھا۔ ہنسوڑ رمّو آپے سے گزرتی جاتی تھی۔ میرے محسن کی لڑکی تھی۔ ایسے آدمی کی، جو مجھ ڈوبتے کے لیے کنارہ لگنے کا سہارا بنا، جس نے مجھے صرف میری پسند کا کام ہی نہ دے دیا بلکہ اپنی کوٹھی میں جگہ دی، تن کو ستر اور کھانے کو بھوجن دِیا۔ جو مجھ سے رمّو سے کچھ ہی کم پریم کرتا تھا۔ اس کی رمّو اِکلوتی، چہیتی، لاکھوں میں ایک بیٹی، مجھ سے پریم کرتی۔ میرے ایک ایک لفظ پر جھومتی اور ایک ایک مضمون کو سَو سَو بار دُہراتی، بس یہ ٹوٹی ہوئی ناؤ پریم ساگر میں بہہ چلی! نہ طوفانی جھونکوں کا ڈر اور نہ کنارے لگنے کی آس! نہ جانے کیا ہوتا، کہاں پہنچتا، کہ دفعتاً ماں کی چٹھی ملی۔ "تمھارے لیے کنیا ڈھونڈھ نکالی ہے، تم جلد آؤ، تو میں چاند سی بہو گھر میں لا کر اپنے کھنڈر کو اُجالا کروں۔" سچ مانئے پاؤں تلے سے زمین نکل گئی۔ معلوم ہوا سوتے میں جیسے کسی نے 'فاختہ اُڑا دی ہو۔ سکھ

آنند کی نیند سے چیختا ہوا جاگا۔ رمّو چہرے مہرے سے بھانپ گئی۔ ہزاروں سوگند دے کر مجھ سے خط لے کر اُس نے پڑھ ڈالا۔ بس اسی سے سمجھئے کہ رمّو کس طرح کی اِستری ہے کہ وہ اس خط کو دیکھ کر نہ روئی، نہ اُس نے کوئی رنج ظاہر کیا، بلکہ کھلکھلا کر ہنس پڑی۔ مَیں نے جب اُسے ذرا غصّے اور تعجب سے دیکھا تو وہ بولی:

''اس چٹھی میں کون سی نئی بات لکھی ہے جس پر اتنا لمبا چہرہ بنایا جاتا ہے۔ یہ تو ہنسنے کی بات ہے۔ تمھیں ایک کی جگہ دو داسئیں مل جاتی ہیں۔ ایک تو خود سے تیار ہے، دوسری کو ماتا جی اپنی خوشی سے لاتی ہیں۔''

مَیں نے جھلّا کر اس کا ہاتھ پکڑ لیا اور کہا: ''کیا تم سمجھتی ہو کہ میں تمھارے پریم میں کسی اور کو بھی شریک کر سکتا ہوں؟''

وہ مسکرائی اور بولی: ''نہیں اسی کا تو ڈر نہیں۔ اسی لیے تو ہنسنے کو کہتی ہوں۔''

مَیں نے اُس کا ہاتھ جھٹک کر کہا ''تم پریم کو بچوں کا کھیل سمجھتی ہو؟''

وہ لپکی ہوئی کمرے سے باہر چلی گئی اور چند منٹ بعد بابو جی کو ساتھ لیے آ پہنچی۔ مَیں گھبرا کر کھڑا ہو گیا۔ وہ بھی کچھ گھبرائے ہوئے آئے تھے۔ وہ کرسی پر بیٹھنے بھی نہ پائے تھے کہ رمّو نے جھپٹ کر کرشن جی کی مورتی ہمارے درمیان والی میز پر رکھ دی۔ اور بابو جی کو مخاطب کر کے بولی: ''بابو جی آپ میرے دیوتا ہیں اور ان کے دیوتا کی مورتی ان کے سامنے رکھی ہے۔ مَیں دونوں دیوتاؤں کے سامنے سوگند کھاتی ہوں کہ مَیں اس جنم میں اور ہر جنم میں، بس انھیں کی داسی بن کر رہوں گی۔ چاہے اِس میں آپ ناخوش ہوں، چاہے اس میں بھگوان ناخوش ہوں، مگر آپ کی رمّو دل سے انہیں کی ہے، اور انہیں کی رہنے میں اپنے لیے نروان اور مکتی سمجھتی ہے اور رہے گی!''

بابو جی گھبرا کر ''رمّو، رمّو، کیا کہتی ہے، ارے تجھے کیا ہوا بٹی!'' کہتے رہے، مگر اُس نے جب تک سوگندھ نہ کھالی، نہ رُکی۔ مَیں سر پکڑے بیٹھا رہا۔ مَیں چاہتا تھا بابو جی مجھ کو دغا باز، پاجی، کمینہ کہہ کر جوتوں، ڈنڈوں اور ڈھیلوں سے مار کر گھر سے نکال دیں۔ مَیں احسان فراموش، محسن کش تھا، مَیں نے جس برتن میں کھایا تھا اُسی میں چھید کیا تھا۔ جس شاخ پر بیٹھا تھا اُسی کو کاٹ کر ڈھا دیا تھا۔ مگر وہ خاموش سر جھکائے بیٹھے رہے۔ اُنہوں نے دو مرتبہ کرسی سے

اُٹھنے کی کوشش کی مگر وہ نہ اُٹھ سکے۔ آخرانہوں نے مجھے بڑی حسرت سے دیکھا۔ میاں صاحب میں بیان نہیں کرسکتا کہ اس نظر میں کتنی شکایت، کتنی اُمید کتنی تمنا کتنا ڈرایک ساتھ سمویا ہوا تھا! مَیں کانپنے لگا۔ مَیں نے ہاتھ جوڑ کر کہا: ''بابو جی مَیں رمّو کو اپنی جان سے زیادہ چاہتا ہوں اور اُس کی دیویوں سے زیادہ عزّت کرتا ہوں۔ ہم دونوں پریمی ہیں، پاپی نہیں ہیں!''

مَیں نے دیکھا کہ اُن کے چہرے سے وہ تناؤ، وہ خشکی اور وہ روکھا پن کم ہو گیا، جو اس پر رمّو کی باتوں کے بعد پیدا ہو گیا تھا، اُنہوں نے دومرتبہ آہستہ آہستہ کہا: ''شکر ہے! شکر ہے!''

مَیں نے ان کی طرف وہ خط بڑھا دیا، جو ہمارے دل کی دَبی ہوئی آہوں کو بھڑکانے والا ثابت ہوا تھا۔ اُنہوں نے اُسے شروع سے آخر تک پڑھ ڈالا۔ رمّو جو میری گفتگو کے وقت ایک ملتجی، معافی مانگنے والے گنہگار کی طرح اُن کے سامنے کھڑی تھی، اب اُن کی کرسی کے پیچھے کھڑی ہو گئی تھی۔ اُس نے بابو جی کے کندھوں پر اپنے ہاتھ رکھ دیے تھے۔ وہ بابو جی کے خط ختم کرتے ہی بولی: ''بابو جی بس اتنی سی بات کے لیے یہ دل کڑھاتے ہیں۔ مَیں نے ان سے کہا، دیوتاؤں کے سینکڑوں داس اور داسیاں ہوتی ہیں۔ میرے دیوتا کے بھی اگر ایک کی جگہ دو داسیں ہوں گی تو میرا دل کیوں کڑھے گا؟ مَیں تو خوش ہوں گی کہ جس سے مَیں پریم کرتی ہوں، وہ میری دوسری بہن کی نظر میں بھی پوجے جانے کے لائق ہے!''

بابو جی نے مُڑ کر بیٹی کو دیکھا، اُن کی آنکھیں اُس کی ان باتوں سے خوشی میں چمک رہی تھیں، لیکن وہ اسے شاباشی دینے کی جگہ بولے: ''یہ ساری بچپنے کی باتیں ہیں رمّو۔ مَیں تم دونوں کی شادی کی اجازت دے سکتا ہوں، مگر تمھارے لیے سوکن لانے کی نہیں!''

وہ مچل کر بولی: ''کیوں بابو جی، جب میں خود راضی خوشی سے اُس کے لیے تیار ہوں تو آپ کو اس میں کاہے کا سوچ!''

اُنھوں نے ذرا جھنجھلا کر کہا: ''تم لاکھ پڑھی لکھی سہی، مگر تم سوکنوں کے جلاپے، آپس کی تُو تُو مَیں مَیں کو کیا سمجھو... پھر وہ برہمنی ہوگی۔ کسی پُرانے گھر کی۔ تم سے ذات میں بڑی۔ وہ تم کو شودر کہہ کر گھر سے کھڑے کھڑے نکال دے گی!''

وہ ہنس کر بولی: ''مَیں اُن کے محل کے پاس پھوس کا جھونپڑا ڈال کے اُس میں رہنے لگوں گی!''

اُنھوں نے بیٹی کی طرف حسرت سے دیکھا۔ مَیں نے کہا۔ ''بابو جی مَیں اتنے پریم کا جواب ان کے سوا کسی دوسرے سے شادی کر کے نہیں دے سکتا۔ میں تو رمّو کے سوا کسی اور کو اپنے گھر کا مالک سوچ بھی نہیں سکتا!''

وہ متین ہو کر بولی۔ ''یہ سچ سہی۔ پر آپ شاید اپنی ماتا کو بھول گئے۔ اُنھوں نے آپ کو کتنے پریم سے، کیسے کیسے دُکھ سہہ کے پالا ہے! وہ تو شاید رمّو کو اپنی بہو کی حیثیت سے سوچ بھی نہ سکیں گی! کیوں بہکی بہکی باتیں کرتے ہیں! ایسی بات کیجیے کہ ان کا دل بھی نہ دُکھے!''

بابو جی نے گھبرا کر کہا: ''اچھا بھئی تم اپنے کمرے میں جاؤ۔ مَیں موہن جی سے اکیلے میں باتیں کروں گا۔''

رمّو کی زندگی میں پہلی دفعہ اس سے بابو جی نے کسی بات کے چھپانے کی کوشش کی تھی۔ شاید کوئی اور موقع ہوتا تو وہ باپ سے لڑ پڑتی۔ مگر وہ اس وقت چپکی کمرے سے باہر کی طرف چلی۔ دروازے کے پاس ٹھٹکی۔ مُڑ کر بولی۔ ''بابو جی آپ دونوں میرے لیے جو چاہیں فیصلہ کریں، پر اتنا دھیان رہے کہ رمّو ان سے بیاہ اسی شرط پر کرے گی کہ یہ اپنی ماتا کو ناخوش نہ کریں، اور اپنی ذات برادری کی اِستری بیاہ لائیں!'' وہ یہ کہتی ہوئی چمک کر کمرے کے باہر چلی گئی۔ بابو جی جھلا کر کُرسی سے اُٹھ کھڑے ہو گئے۔ وہ بولے۔ ''تم دونوں نے مل کر مجھے کہیں کا نہ رکھا۔ خیر وہ تو بچی ہے، لڑکی ہے، تم کو کیا ہوا تھا؟ تم نے چپکے چپکے ہنڈیا پکالی، اُس کا دل چھین لیا، اسے بالکل اپنے بس میں کر لیا تو آج جا کر مجھ پر بھید کھلا...!

مَیں نے بات کاٹ کر ہاتھ جوڑ کر کہا۔ ''بابو جی، مَیں اپنے قصور کا اقرار کرتا ہوں، مگر آپ کو یقین دلاتا ہوں کہ سوائے آج کے ہم میں کبھی پریم کے بارے میں بات چیت بھی نہیں ہوئی...''

وہ بولے: ''یہ سب سہی، پر تم کو اپنے دل کی حالت تو معلوم تھی، تم خود رمّو کی حالت تو دیکھ رہے تھے۔ میرے ہی گھر میں بیٹھے پینگ بڑھاتے رہے...!''

مَیں نے اُن کا پاؤں چھو کر کہا: ''آپ میرے باپ کی جگہ ہیں، مجھ سے چوک ہوئی، مجھ سے غلطی ہو گئی، مجھے آپ ہر طرح کی سزا دے سکتے ہیں...''

وہ آنکھوں میں آنسو بھر کر بولے: ''اب مَیں تمھیں سزا دے کر کیا پاؤں گا؟ رمّو قسم کھاتی

ہے کہ وہ سوائے تمھارے کسی سے شادی نہ کرے گی۔ پھر اس بات پر اَڑی ہے کہ تم سے شادی جب ہی کرے گی جب تم ایک برہمنی بیاہ کے لا چکو گے۔ تم کہتے ہو کہ سوائے اس کے کسی سے بیاہ نہ کرو گے۔ مَیں چاہے کچھ ہو جائے، سوکن ہوتے ہوئے اسے تم سے نہ بیاہوں گا۔ پھر تمھاری ماں موجود ہیں۔ وہ کٹر سناتن دھرمی، پُرانے ڈھنگ کی، وہ اپنی برادری ہی میں برابر والوں میں شادی کریں گی۔ تم کو رمّو جیسی گرمن سے تو کسی طرح بیاہ کرنے نہ دیں گی...تم کہتے ہو چوک ہوئی، بھول ہوئی، یہاں اتنی سی بات میں وہ گتھی پڑ گئی کہ جس میں چار پانچ زندگیاں برباد جاتی نظر آتی ہیں...تمھاری ماں کی، میری، خود تمھاری اور ان سب سے زیادہ رمّو کی...اے بھگوان میں کیا کروں؟''

مَیں نے کہا: ''اچھا تو مَیں آج ہی ماتا جی کے پاس جاتا ہوں، ممکن ہے وہ مان جائیں!''

وہ ٹھنڈی سانس بھر کر بولے ''اچھا تم اپنی سی کر دیکھو، پر مجھے اس بات کا یقین ہے کہ وہ نہ مانیں گی!''

لکھنؤ کے لیے ایک ہی گھنٹے میں گاڑی روانہ ہوتی تھی۔ اِس لیے مَیں نے اُنھیں کے سامنے جھٹ پٹ اپنا سامان درست کیا اور رمّو سے بغیر ملے اسٹیشن کے لیے چل کھڑا ہوا۔ راستہ بھر ماتا کی ناخوشی سے زیادہ، اسی کا خیال رہا کہ رمّو اپنے دل میں کیا کہتی ہوگی، کہ مَیں اس سے ملے بغیر اس طرح بھاگ آیا۔ اور پھر مَیں نے اُسے جن جن رُوپوں میں اُس دن دیکھا تھا وہ بار بار آنکھوں کے سامنے پھرتے تھے۔ اور ہر ایک میں ایسا پیارا تھا کہ جی چاہتا تھا بس اسی طرح دیکھے جاؤ...اُف!'' وہ ذرا رُکے تو مَیں نے اُن کی طرف سگریٹ کی ڈبیا بڑھا دی۔ اُنھوں نے ایک سگریٹ جلائی۔ اسی طرح گھبرا گھبرا کر کش کھینچے۔ تمباکو سے زیادہ سگریٹ کا کاغذ جل گیا۔ پھر کھانسی آئی پھر سگریٹ پھینک دی گئی۔ پھر وہ بولے:

''جب مَیں گھر پہنچا تو مَیں نے دیکھا ماتا جی نے چٹ منگنی پٹ بیاہ کے سارے سامان کر رکھے ہیں۔ پرتاب گڑھ میں ایک مشہور شاستری جی تھے، اُن کے لڑکی تھی۔ ماتا جی خود لڑکی کو جا کر دیکھ آئی تھیں، اور وہ اُنھیں دل و جان سے پسند تھی۔ مجھے دیکھتے ہی انھوں نے اُس کی تعریف میں قصیدے پڑھنا شروع کر دیے۔ اب ذرا میری مشکل کو خیال کیجیے، وہ تو اُدھر ہونے والی بہو کے گن گا رہی ہیں، اور مَیں اِدھر پہلو بدل رہا ہوں کہ یہ کسی طرح چپ ہوں تو

مَیں اپنی رام کہانی سناؤں، مگر وہ کہاں چپ ہونے والی تھیں۔ ایک دریا تھا کہ اُمڈا چلا آتا تھا۔ آخر مَیں نے بات کاٹ کر کہا۔ ''ماتا جی ذرا میری بھی بات سن لیجیے۔'' اور ان کے کچھ متعجب اور خفا ہو کر چپ ہو جانے پر مَیں نے گردن جھکا کر ساری کتھا کہہ ڈالی۔ ایسا معلوم ہوا جیسے اُنھیں سکتہ سا ہو گیا۔ وہ چپ میری ساری باتیں سنا کیں۔ جب مَیں نے اِس جملے پر ختم کیا کہ ''ماتا جی رمّو شودر سہی، مگر ایسی اچھی کنیا تو اس لوک اور پرلوک میں مجھے نہیں مل سکتی، اور میں تو اگر بیاہ کروں گا تو اسی سے!''

تب وہ چونک کر ایک بار بولیں۔ ''ارے تو کیوں ہندو دھرم کو بدنام کرتا ہے؟ پاپی! جو شودرن سے بیاہ کرے گا اُسے مکتی کہاں نصیب!''

مَیں نے کہا: ''بھگوان اتنا ظالم نہیں ہو سکتا کہ خود ہی تو دِلوں میں پریم ڈالے اور خود ہی پھر اتنی سخت سزا دے!''

وہ جھڑک کر بولیں۔ ''چل چل! تو بڑا بھگوان کا جاننے والا آیا۔ کرمن سے آشنائی کرے گا............''

بس وہ اتنا کہنے پائی تھیں کہ مجھے ایسا جان پڑا کہ ایک لُو کا سا اُٹھا اور میرے سارے جسم کو بھسم کر گیا۔ مَیں نے اندھے پن سے ماتا کے منہ پر طمانچہ مار دیا۔ وہ بھونچکی ہو کر تھوڑی دیر تو میرا منہ تکتی رہیں، پھر اپنا گلا سہلا کر آنسو ڈبڈباتے بولیں۔ ''اگر مَیں نے تجھے جنا نہ ہوتا تو آج میں تجھے ایسا سراپ دیتی کہ تو ستر جنم تک اس کا پاپ جھیلتا۔ لیکن میری ممتا سے نہیں ہوتا۔ پھر بھی اتنا ضرور کہوں گی کہ تو اپنی کرمن کو اس گھر میں میرے مرنے سے پہلے نہیں لا سکتا۔ پہلے میرا گلا اپنے ہاتھ سے گھونٹ دے پھر تیرا جو جی چاہے کر!''

ماتا جی تو اسی طرح کوستی اور بُرا بھلا کہتی رہیں۔ لیکن میری یہ حالت تھی کہ میں اُنہیں طمانچہ مارتے ہی کانپنے لگا، میری آنکھیں کھل گئیں۔ مَیں نے آج اِس پریم کے کرتوتوں اپنی ماتا پر ہاتھ اُٹھایا۔ ہائے میں کتنا نیچ، کتنا کمینہ ہو گیا تھا! پریم اگر انسان کو اس طرح اندھا بنا دیتا ہے، تو لوگ بے پریم ہی کے اچھے! مَیں نے دوڑ کر اُن کے چرنوں میں سر ڈال دیا اور اپنی بے بسی پر پھوٹ پھوٹ کر رونے لگا۔ وہ بھی اس وقت بڑی کٹھور بن گئیں اور اُنہوں نے مجھے ٹھوکر ماردی۔ مَیں زمین پر گر پڑا۔ وہ یہ کہتی ہوئی کہ ''مجھے نہ چھو پاپی!'' دوسرے کمرے میں چلی

گئیں۔‘‘

پنڈت جی نے مجھ سے ایک اِلا یچی مانگ کر بغیر چھیلے منہ میں رکھ لی۔ بڑے زور زور سے دانتوں سے کچلی۔ پھر کچھ عجیب طرح کا منہ بنا کر کھڑکی سے منہ نکال کر تھوک دی۔ مَیں نے کہا’’ کیا خراب تھی؟ دوسری دوں؟‘‘

وہ بڑی مایوسی سے بولے۔’’نہیں اِس وقت اَمرت بھی زہر معلوم ہوگا، منہ کا مزا ہی کڑوا ہے!‘‘

مَیں خاموش ہو گیا۔ وہ تھوڑی دیر کے بعد بولے:’’ماتا جی سے مجھ سے پھر ملاقات نہیں ہوئی۔ وہ دوسرے دن صبح تک اس کمرے سے نہ نکلیں، مَیں دوسرے ہی دن متھرا بھاگ آیا۔

یہاں آنے پر مجھے معلوم ہوا کہ بابو جی نے رمّو کو سمجھا بجھا کر دو تین ہفتے کے لیے الٰہ آباد اپنے ایک عزیز کے یہاں بھیج دیا ہے۔ مَیں نے ان سے جب ماتا جی کی باتیں دُہرائیں تو وہ صرف اتنا بولے کہ’مَیں تو یہ پہلے ہی سے جانتا تھا۔‘مَیں نے اُسی دن اُن کی کوٹھی چھوڑ دی اور دفتر سے قریب شہر میں ایک چھوٹا سا مکان لے کر اُس میں اُٹھ آیا۔ وہ منع کرتے ہی رہے مگر مَیں نے کہا’’ کافی نمک حرامی ہو چکی، اب اس سے زیادہ ممکن نہیں!‘‘

نئے مکان میں رہتے ہوئے کوئی ایک ہفتہ ہوا تھا کہ ایک دن مجھے رمّو کا ایک لمبا چوڑا خط ملا۔ اس نے کوٹھی چھوڑ دینے اور نئے مکان میں کرایہ پر رہنے کی شکایت کی تھی، اور یہ لکھا تھا کہ وہ خود ماتا جی سے ملنے لکھنؤ جا رہی تھی۔ مَیں یہ پڑھتے ہی گھبرا گیا۔ میں ماتا جی کی طبیعت سے اچھی طرح واقف تھا۔ مَیں جانتا تھا کہ وہ رمّو کو دیکھتے ہی آپے سے باہر ہو جائیں گی اور وہ اس کے ساتھ وہی سلوک کریں گی جو’منوٗ‘ کے زمانے میں برہمن شودر سے کرتے تھے۔ مَیں گھبرایا ہوا بابو جی کے پاس پہنچا۔ وہ بھی پریشان ہو گئے۔ اُنہوں نے طے کیا کہ ایسے موقع پر اُن کا بھی بیٹی کے پاس پہنچ جانا ہی بہتر ہے۔ وہ سیدھے لکھنؤ گئے۔ مگر وہاں اُس وقت پہنچے جبکہ میری ڈائن ماں رمّو کو ہزاروں گالیاں دے کر رسوئی کی جلتی ہوئی لکڑی سے مار مار کر نکال رہی تھیں۔ بابو جی نے اپنی ناز سے پلی ہوئی رمّو کو گود میں اُٹھا لیا، اور تانگے پر لاد کر اسٹیشن لائے اور وہاں سے سیدھے متھرا۔‘‘

پنڈت جی نے رُک کر سگریٹ کی طرف ہاتھ بڑھایا، مَیں نے جلدی سے سگریٹ نکال

کر پیش کی۔ انہوں نے اسے جلایا، دو کش کھینچے، کھانسے اور کہا ''ماتا جی کی اِن باتوں نے رمّو کو اتنا صدمہ پہنچایا کہ وہ گاڑی ہی سے بیمار ہوئی، سخت بخار آیا، سرسام ہوگیا، سرسامی حالت میں برابر یہی کہتی رہی۔ 'مَیں شودرن ہوں، بیسوا ہوں، پاپن ہوں۔ مَیں نے ایک برہمن لڑکے کو پھنسالیا۔ اُسے بے دھرم کیا! ارے ماتا جی یہ آپ کیا کہہ رہی ہیں؟ ارے چپ رہ ڈائن، ٹھگنی، نیچ، کمینی!''

وہ پھر چپ رہے۔ ان کے ہونٹ کانپتے رہے۔ گاڑی کانپور اسٹیشن پر رُکنے کے لیے پٹری بدل رہی تھی، مَیں نے اس دردبھری کہانی کا انجام سننے کے لیے پوچھا ''تو اب تو وہ اچھی ہیں؟'' اُنھوں نے مجھ کو پاگلوں کی طرح گھبرا کر دیکھا۔

''جی، پرسوں شام کو وہ اچھوت لڑکی ایسی جگہ چلی گئی جہاں نہ میری ماں کی سی تہمت لگانے والی اِستریاں ہیں اور نہ مجھ سے ڈال کے ٹوٹے برہمن! مَیں نے کل شام کو اُس کی چتا اپنی آنکھوں سے جلتی دیکھی!''

اِس ملاقات کے تیسرے دن میں نے پوائنیر اخبار میں ایک خبر پڑھی:

''کل گنیش گنج میں دو حد درجہ دردناک قتل ہوئے۔ بیان کیا جاتا ہے کہ پنڈت ترلوکی موہن جو متھرا میں کسی ہندی اخبار کے ایڈیٹر تھے، اپنی ماں کے قریب زخمی تڑپتے ہوئے پائے گئے۔ ان کے پاس ہی دونالی بندوق پڑی تھی۔ محلّہ والوں کا بیان ہے کہ وہ جب فائر کی آواز سن کر اندر داخل ہوئے تو پنڈت جی کی ماں کی زبان کٹی پڑی تھی اور گولی اُن کے سینے کے پار تھی۔ پنڈت جی نے شاید اس قتل کے بعد اپنے سر پر گولی لگائی، اِس لیے کہ ان کا پورا آدھا جبڑا اُڑ گیا تھا۔ وہ بیہوشی کی حالت میں میڈیکل کالج پہنچائے گئے، جہاں ایک گھنٹہ بعد وہ مر گئے۔ پنڈت جی مرنے سے پہلے صرف آدھے منٹ کے لیے ہوش میں آئے تھے اور اُنھوں نے صرف تین مرتبہ ''رمّو! رمّو! رمّو!'' کے الفاظ دُہرائے۔

پولیس تفتیش کر رہی ہے... اِس قتل وخودکشی کے وجوہ کا اب تک کوئی سُراغ نہیں لگا ہے۔ البتہ پنڈت جی کے کمرے میں مختلف طرح کے سگریٹوں کے بہت سے ٹکڑے پائے گئے ہیں۔

✿✿

اڈّا

جیران پور کا قصبہ نہ زیادہ چھوٹا تھا نہ بہت بڑا۔ تقریباً پانچ ہزار کی آبادی تھی۔ زمیندار مسلمان شیوخ تھے، رعایا میں ہر قوم اور ہر پیشے کے لوگ تھے، اور ان میں سے اکثر کے الگ الگ محلے تھے۔ ٹھکرانا، گھوسیانا، کوری ٹولہ، حلوائی بازار، کنجڑا محال اور چمار ٹولی۔ محلوں کے نام سے پتہ چلتا تھا کہ جیران پور کے بسانے والے کے دماغ میں کسی بڑے شہر کا خاکہ تھا اور یہ قصبہ سلطنت مغلیہ کے زمانے میں وجود میں آیا، جب جاگیرداری نظام رعایا اور راعی، حاکم ومحکوم کے مکانات ایک دوسرے کی بغل میں بنانے کی اجازت نہ دیتا تھا۔ خود زمینداروں کا محلہ شیخ پورہ، شیخانا یا شیخ باڑانہ کہلاتا تھا بلکہ قلعہ معلّٰی کے ڈھنگ پر گڑھی کے نام سے موسوم تھا اور اس کے ہر مکان میں دربار کے لیے کوئی کمرہ یا دالان مخصوص تھا۔ اس میں زمیندار کے لیے ایک کرسی رہتی تھی، راجپوتوں برہمنوں کے لیے ایک بنچ، کارندوں اور مسلمان رعایا کے لیے چٹائیاں اور بقیہ رعایا پرجا کے لیے دھرتی ماتا کا مسطح سینہ۔ مکانوں کی ساخت میں بھی فرق تھا۔ زمینداروں کے مکانات پختہ لکھوری اینٹوں کے تھے، بڑے پھاٹک، محرابی دروازے، بلند شہ نشین، کشادہ صحن، دومنزلے، سہ منزلے، برجیاں بھی، تہہ خانے بھی اور چور دروازے بھی۔ ٹھاکروں اور مہاجنوں کے مکان کچے، کھپریل سے چھائے ہوئے، بقیہ رعایا کے لیے جھونپڑے تھے، تاریک تنگ، پھوس سے ڈھکے ہوئے۔ قصبہ میں کوئی ٹاؤن ایریا نہ تھا، اس لیے نہ تو صفائی کا انتظام تھا، نہ گلیاں ہموار تھیں۔ اکثر مقامات پر گھروں کا بدبودار سڑا ہوا پانی راستے کی خاک کو کیچڑ میں تبدیل کر دیتا تھا اور آتی جاتی بیل گاڑیاں موٹر اور یکّے اس کی مدد سے راہ چلتوں کے کپڑوں پر گلکاریاں کر دیتے تھے۔ مغربی تعلیم یافتہ حضرات ایسے مقامات سے ناک پر رومال رکھے لپ جھپ گزر جاتے، لیکن پھونس کی جھونپڑیوں میں زائیدہ بچّے اسی فضا

میں کھیلتے، کلکاریاں مارتے اور وباؤں سے جو بچ جاتے وہ جوان ہوکر ان گندگیوں میں رینگنے والے دوسرے کیڑے پیدا کرتے رہتے تھے۔

جیران پور دو چیزوں کے لیے مشہور تھا۔ ایک تو پیڑے کے لیے دوسرے شیرمال کے لیے۔ پیڑوں کی شہرت کا سبب تو گھوسیانہ تھا، جہاں گھوسیوں کا پورا محلہ آباد ہوگا وہاں کھوئے کی کیا کمی، اور جہاں کھویا افراط سے ملے گا وہاں کے پیڑے یقینی اچھے ہوں گے، مگر شیرمال کی شہرت کی وجہ سمجھ میں نہ آتی تھی۔ میں نے ایک دن ناصر سے اس کا راز دریافت کیا۔ وہ بولے: ''شیرمال کے لیے تین چیزیں ضروری ہیں، عمدہ دودھ، عمدہ گھی اور عمدہ آٹا۔ دودھ یہاں اچھے سے اچھا ملتا ہے، گھی کی بھی وہی حالت ہے، رہا آٹا تو یہاں مشین نہیں چلتی بلکہ چکی میں گھروں پر پیسا جاتا ہے۔''

میں نے شہری ہونے کی حیثیت سے ذرا منہ بنا کر پوچھا ''تو موٹا ہوتا ہوگا؟''

وہ بولے: ''جی ہاں، موٹا تو یقینی ہوتا ہے لیکن ایسا نہیں کہ آپ کے حلق میں خراش پڑ جائے۔ انسانی ہاتھوں میں مشین کی طرح باریک پیسنے کی طاقت کہاں لیکن اسی کی وجہ سے گیہوں کی اصل طاقت بھی قائم رہتی ہے اور اس آٹے کی روٹیاں نرم بھی ہوتی ہیں اور زود ہضم بھی۔ ان میں مشین کے میدے کا چمڑا پن نہیں ہوتا۔''

میں نے اپنی جگہ غور کیا تو واقعی میں ناصر کے ہاں جب بھی آتا تو ایسی تمام چیزیں خوش ذائقہ معلوم ہوتیں، جن میں آٹا ملا ہوتا تھا۔ پھر میری خوراک بھی شہر سے دُگنی ہو جاتی تھی۔ پھر بھی میں نے شرارت سے کہا: ''یہ محض آپ کا حسنِ ظن ہے۔ نہ جانے کتنے لوگ اپنا قیمتی وقت ہاتھ سے آٹا پیسنے میں صرف کرتے ہیں۔ ایک آٹا مل کھول دی جائے تو کتنا فائدہ ہو۔''

معلوم ہوا جیسے ناصر کے تن بدن میں کسی نے مرچیں لگا دیں۔ وہ تلملا کے بولے: ''جی ہاں بڑا فائدہ ہو۔ جو عورتیں اپنے ہاتھ سے آٹا پیس لیتی ہیں اُن کی ورزش جاتی رہی، صحت خراب ہو، یا بیمار پڑیں، جو پیسنے والیاں اسی ذریعہ اپنا پیٹ پالتی ہیں، وہ بھوکوں مریں یا شہروں میں جا کر عصمت فروشی کریں!''

میں نے مسکرا کر کہا: ''کیوں شہر جائیں۔ آپ کے دیہات ہی میں رہیں لیکن میاں کی کمائی کھائیں۔''

انھوں نے کہا: ''جی ان کے شوہر زندہ ہوتے تو وہ اس کام کو کرتیں ہی کیوں۔ وہ چاروں عورتیں جن کا آٹا پیسنا اور دال دلنا پیشہ ہے بیوائیں ہیں، تلسیاں چمارن، رام پتیا کہارن، رام

دسیا اہیرن اور مجیدن جولاہن۔"

نہ جانے کیوں میرے تخیل نے میرے سامنے ایک تصویر پیش کردی۔ چکی چل رہی ہے، اس کے گرد پسینے میں بھیگی ہوئی دو گداز ٹانگیں پھیلی ہوئی ہیں۔ ساڑی ران تک سمٹی ہوئی ہے اور پیسنے والی چکی کی موٹھ (جوا) ہاتھ میں لیے آگے جھکتی ہے، پیچھے جھکتی ہے، داہنی طرف جھکتی ہے، بائیں طرف جھکتی ہے اور لہک لہک کے گا رہی ہے:

چکیا نہ ڈولے منوا کی کلیا نہ ڈولے

جوا پکڑ کے روئیں رم پیتارم دسیا

میں اپنے تخیل کی بے لگامی پر مسکرا دیا۔ میں نے کہا "اس محنت سے بیواؤں کو جنسی تسکین تو ضرور ہوتی ہوگی لیکن اُن کا پیٹ ہرگز نہ بھرتا ہوگا۔"

ناصر جاگیردارانہ انداز سے بگڑ کر بولے "پیٹ کیوں نہیں بھرتا۔ دن میں ڈھائی تین سیر آٹا اور تین چار سیر دال دَل لیتی ہیں، اُن کے کھانے بھر کو آٹا تو گرا پڑا مل جاتا ہے، پھر ایک آنہ سیر پیسنے دَلنے کا ملتا ہے۔ سات آٹھ آنے روزانہ مفت ہاتھ لگ جاتے ہیں۔ اب کیا چاہیے قارون کا خزانہ؟"

میں نے ان کا غصہ آخری ڈگری تک پہنچا دیا۔ بھیگی بلی بن کر عرض کیا "اگر ان میں سے کوئی جوان ہے تو اس سے کہیں....." وہ پھولے ہوئے نتھنوں سے گرم گرم سانسیں نکال کر بولے: "جناب! یہ آپ کا شہر نہیں ہے، یہاں کے مرد و عورت تہذیب یافتہ نہیں ہیں۔ یہاں عورت و مرد میں تعلقات تفریحی اور وقتی نہیں ہوتے۔ ان کی غرض گھر بسانا ہوتی ہے۔ ان عورتوں کا گھر بس کر اُجڑ چکا۔ آپ کی ہمدردی کی انھیں ضرورت نہیں۔ وہ عزت آبرو سے اپنی گزر بسر کر لیتی ہیں!"

میں نے اس پر بھی بس نہ کیا۔ "آپ جتنی بھی تعریف کریں ان کا معیارِ زندگی زیادہ بلند نہیں کیا جا سکتا۔"

ناصر بڑے زور سے "ہونہہ" کہہ کے پاؤں پٹکتے اندر چلے گئے۔

یہ قصہ تھا ۱۹۳۸ء کا۔ کئی سال میں جیران پور نہ جا سکا۔ ۱۹۴۴ء میں ناصر نے اپنے لڑکے اسلم کی شادی ٹھان دی۔ اب تو جانا ہی پڑا۔ قصبہ اسٹیشن سے چار فرلانگ پر تھا اور راستہ عام طور

سے بہت ناہموار۔ میں نے اسی لیے ناصر کو پہلے ہی سے اپنے آنے کی اطلاع دے دی تھی۔ اسٹیشن پر ان کا آدمی بھی تھا اور سواری بھی تھی۔ میں نے گاڑی سے اُترتے ہی اسٹیشن پر ایک خاص قسم کی چہل پہل دیکھی۔ دو ایک ٹامی بھی ٹہل رہے تھے، پانچ چار پنجابی بھی زلفیں رکھائے، اَپٹے کٹائے وردیاں پہنے باتیں کر رہے تھے۔ پھل بھی بک رہا تھا، مٹھائی بھی تھی اور بیرے بکلس لگائے، ہاتھوں پر چائے کا سامان رکھے، چائے ''چائے صاحب، چائے صاحب'' کہتے چلے آرہے تھے۔ باہر نکلا تو سڑک بھی حد نظر تک درست دِکھائی دی۔ مجھے محسوس ہونے لگا میں کسی نئی جگہ، اجنبی دیس میں جا رہا ہوں۔ ناصر صاحب کے گھر تک پہنچتے پہنچتے جو راستہ کاٹے نہ کٹتا تھا چشم زدن میں طے ہو گیا۔ نئی نئی عمارتیں تھیں، نئے نئے موڑ تھے، باغ کی جگہ چٹیل میدان تھے، جنگل کی جگہ ہموار سبزہ زار تھا۔ پھر اتنا ہی راستہ طے کرنے میں چار ٹرک ملے اور دو تین جیپ گاڑیاں بغل سے گزر گئیں۔

ناصر اپنے پچھلے سے تپاک سے ملے۔ میں نے دیکھا ان کی گڑھی کچھ بوسیدہ سی ہو رہی ہے، کچھ حصے گر پڑ گئے ہیں، کچھ بے قلعی پڑے ہیں۔ مجھے تعجب سا ہوا کہ ناصر سا منتظم اور خوش سلیقہ آدمی اور مکان کی یہ حالت۔ بیٹے کی شادی ٹھان دی اور مرمت تک نہ کرائی۔ ملاقات ہوتے ہی تو یہ بات پوچھنے کی نہ تھی اس لیے اس وقت تو چپ ہو رہا لیکن دوپہر کو کھانا کھانے کے بعد جب ہم دونوں تنہا رہ گئے تو مجھ سے ضبط نہ ہو سکا۔

میں نے پوچھا: ''کیوں جی بھلے مانس، یہ تم نے گھر کی کیا حالت بنا رکھی ہے؟ اُتر والا کمرہ مزار کے لیے جگہ ڈھونڈ رہا ہے۔ دکھن والا دالان دیدۂ بے نور کی طرح اپنی ساری چمک کھو چکا ہے۔ سیدھے رُخ کی دیوار کی اینٹیں بوڑھے کے دانتوں کی طرح گھس بھی گئی ہیں اور گر بھی رہی ہیں۔ آخر بیٹے کی شادی کر رہے ہو، کچھ تو لیپ پوت کرائی ہوتی؟''

ناصر نے ٹھنڈی سانس بھری۔ ''میاں تم شاید کسی ہوائی اڈّے کے قریب نہیں رہتے۔ ۱۹۴۰ء میں سرکاری حکم ہوا، حیران پور میں اڈّا بنے گا۔ قصبہ کا سارا چونا، سارا کوئلہ، ساری اینٹیں، سارے درخت چشم زدن میں حکومت نے لے لیے۔ گاؤں کے سارے محنت مزدوری کرنے والے، چمار، اہیر، پاسی، جولاہے، پٹھان، ٹھاکر، برہمن، ڈیڑھ روپے، دو روپے، تین روپے روز پر بلائے گئے۔ انھوں نے عمر میں اتنا نہ کمایا تھا، ان کی عقلیں ماری گئیں۔ آہستہ آہستہ سب کے سب باہر بھیج دیے گئے۔ کوئی برما گیا، کوئی آسام، کوئی ایران گیا، کوئی مصر۔ بعض ان میں سے وہیں مر کھپ گئے۔ کچھ ہاتھ پاؤں کٹا کر واپس آئے۔ کچھ اب تک فوج

میں کام کر رہے ہیں۔ راستے میں جو نئے مکانات تم نے دیکھے ہیں وہ انھیں نو دولتیوں کے ہیں۔ پورے قصبے میں اب صرف ڈیڑھ یا ڈھائی مزدور ہیں۔ بانچو چمار، بکسی حجام اور تلسیا چمارن۔''

میں نے کہا: ''تو یہ تو تین ہوئے، ڈھائی ڈیڑھ کیسے؟''

وہ بولے: ''تلسیا عورت ہے، اسلامی قاعدے سے عورتوں کا حصہ مرد کے آدھا ہوتا ہے۔ یوں اگر مانو تو ڈھائی ہوئی، ورنہ حقیقت یہ ہے کہ تینوں ملا کر ڈیڑھ سے کسی طرح زیادہ نہیں۔ بانچو فوج سے ایک ٹانگ اور بکسی ایک ہاتھ کھو کر پلٹا ہے، اور تلسیا فاقہ کرتے کرتے اتنی کمزور ہوگئی ہے کہ اس کے ہاتھ بھی ہلتے ہیں، گردن بھی ہلتی ہے اور آنکھوں سے بھی کم سوجھتا ہے....''

مجھے تلسیاں کا نام پہچانا ہوا معلوم ہوا۔ میں نے کہا: ''یہ وہی تلسیا تو نہیں جو پسائی کا کام کرتی تھی؟''

کہنے لگے: ''جی ہاں، اچھی خاصی تندرست عورت تھی۔ ڈھائی تین سیر روز اپنہ آٹا پیستی، تین چار سیر دال دَل لیتی، لیکن شامتِ اعمال راموسیٹھ نے آٹے کی مشین لگالی، بس سارا قصبہ اُدھر جھک پڑا۔ چاروں پیسنے والیاں فاقہ کرنے لگیں۔ رام دیا بھیک مانگ کر مرگئی۔ تلسیا ابھی تک زندہ ہے۔ اور ہم لوگ جو اسے مزدوری پر لگا لیتے ہیں تو اسی خیال سے کہ کسی طرح کمبخت کو پیٹ بھرنے کو چار روٹیاں مل جائیں۔'' وہ کچھ سوچنے لگے۔

میں نے پوچھا: ''اور وہ دونوں جو جوان تھیں؟''

ڈیوڑھی پر سے ماما ظہورن نے پکارا: ''حضور اندر بلایا جا رہا ہے۔'' ناصر یہ کہتے ہوئے اندر چلے گئے کہ ''پھر کبھی باتیں ہوں گی۔''

شام کو تقریباً چھ بجے ناصر نے اپنی فٹن گاڑی منگوائی۔ خاصے بڑے رئیس تھے۔ موٹر یقینی لے سکتے تھے مگر شدائد کا اتنا شدید ان پر اثر تھا کہ باپ دادا کے چلن سے ایک قدم ہٹنا پسند نہ کرتے تھے۔ اسپرنگ اچھی تھی، ربڑ نیا تھا اور گھوڑا بہت ہی سبک خرام۔ ہم لوگ جس طرف جا رہے تھے دورویہ بڑے بڑے پکڑ اور اِملی کے درخت تھے۔ کہیں کہیں تو ان کی گھنی شاخوں کی محراب سے نکلتی ہوئی سیمنٹ کی سڑک شب تار میں ہلال کی طرح چمک اُٹھتی تھی۔ ہوا میں ایک ہلکی سی طراوت تھی جیسے وہ کہیں پاس ہی کے کسی تالاب میں غوطہ لگا کر آئی ہو۔ اس پُر لطف فضا میں گھوڑے کی ہموار چال ویسی ہی اچھی معلوم ہوتی جیسے تنہائی میں کوئی بیٹھا طبلے سے شغل کرے۔ سڑک پر بالکل سناٹا تھا، نہ یکہ، نہ گاڑی، نہ ٹرک، نہ لاری، نہ جانور نہ آدمی۔

مَیں نے اس مترنم سکوت کو ایک سوال سے توڑا۔ ''یہ آخر اِدھر اتنا سناٹا کیوں ہے؟''

ناصر نے کہا: ''یہ سڑک خاص طور سے پٹرول ٹنکی کو جاتی ہے۔ اس پر سورج ڈوبتے ہی کوئی نہیں چلتا۔ فوج والوں سے ہر ایک ڈرتا ہے۔''

فوجیوں سے ڈرنے کے اسباب پر میں غور ہی کررہا تھا کہ مجھے ایک نیا کچا مکان دِکھائی دیا۔ دومنزلہ، خوبصورت سا، اس کے سامنے ایک فوجی ٹرک کھڑی تھی اور دس کے قریب ہندوستانی سپاہی باہر کھڑے سگریٹ پی رہے تھے، باتیں کررہے تھے، ٹھٹھے مار رہے تھے۔

میں نے سمجھا کسی افسر کے ٹھہرنے کی جگہ ہوگی۔ پھر بھی اس پر تعجب تھا کہ لڑائی کے زمانہ میں ڈسپلن اتنا خراب کہ افسر کے بنگلے کے سامنے کھڑے ہیں اور فوجی بے ترتیبی ہی سے نہیں کھڑے ہیں بلکہ ہنس رہے ہیں، شور مچا رہے ہیں۔ میں ابھی اسی پر غور کررہا تھا کہ دوسرا چھوٹا سا احاطہ دِکھائی دیا اور اس کے بیچ میں ایک بنگلہ۔ پھاٹک پر سڑک کے سامنے ہی ایک عورت اور فوجی میں تفریحی چھینا جھپٹی ہورہی تھی۔ عورت جیسے ناصر کے گھوڑے کی ٹاپ پہچانتی تھی۔ فٹن کے مقابل آتے ہی وہ جھپٹ کر الگ ہوگئی اور اُس نے ناصر کو جھک کر سلام کیا۔

ناصر نے جواب دینے کی جگہ گھوڑے کو چابک ماری۔ وہ فٹن لے کر بھاگا۔ ناصر نے پوری قوت صَرف کرکے اس بپھرے جانور کو ایک فرلانگ پر جا کر روکا اور پیشانی سے پسینہ پونچھتے ہوئے کہا: ''حرام زادی!''

میں نے مسکرا کر کہا: ''جی گھوڑا اندکر ہے....''

وہ ہنس دیئے۔ ''اتنا میں بھی جانتا ہوں، لیکن میں نے گالی سلام کرنے والی کو دی تھی۔

میں نے پوچھا: ''وہ کون ہے؟''

وہ میری طرف اس طرح مڑ پڑے جیسے اس پورے قصے میں ساری شیطنت میری ہی تھی۔

''جی، وہ پہلا بنگلہ رم پیتا کا ہے اور دوسرا مجیدن کا۔''

میں نے تعجب سے کہا: ''وہی قصبہ میں آٹا پیسنے والیاں؟''

وہ بگڑ کر بولے: ''جی ہاں۔ پہلے وہ قصبہ میں آٹا پیستی تھیں، وہاں سیٹھ کی مشین آ گئی۔ انھوں نے بھی پیٹ بھرنے کے لیے اپنی مشین چلائی۔ اُن کا معیارِ زندگی برابر بڑھتا ہی گیا۔ اب وہ تہذیب وترقی کی چوٹی پر ہیں۔ اڈے والیاں! لائسنس دار طوائفیں!''

ازالۂ غلط فہمی

داروغہ امیر احمد اپنی حد درجہ خوش قسمتی سمجھے کہ بیگم صاحبہ نے اپنی منہ بولی بہن کی لڑکی اُن سے منسوب کردی۔ تیس برس کے سن میں یہی کیا کم تھا کہ بیگم صاحبہ کی سی رئیس زادی کے داروغہ بن بیٹھے تھے۔ پوری جائداد کی آمدنی، تمام مکانات کا کرایہ، اور سال بھر کا پورا وثیقہ انھیں کے ہاتھ خرچ ہوتا تھا۔ سیاہ وسپید کے مالک تھے، جو چاہتے انتظام کرتے، جس سے چاہتے سختی برتتے، جس سے چاہتے نرمی کرتے۔ نہ بیگم صاحبہ اتنی مہربان ہوں کہ اپنی بھانجی کے ساتھ، وہ منہ بولی ہی سہی، ان کا عقد کردیں۔ پھولے نہ سماتے۔ محاورے کے لحاظ سے نہیں بلکہ حقیقتاً جب سے قمر بانو سے شادی ہوئی تھی پچھلی شیروانیاں تنگ ہوگئی تھیں اور داروغہ جی کا وزن دُگنا ہوگیا تھا۔

بیوی خوبصورت بھی تھی، مطیع بھی اور خوش سلیقہ بھی۔ دن بھر کے کام کاج کے بعد جب داروغہ جی گھر واپس آتے تو وہ پھول کی طرح کھل جاتی۔ خود اُن کے منہ ہاتھ دھلانے کا انتظام کرتی۔ خود ہی جلدی سے چائے ناشتہ لاکر سامنے رکھتی، اور اصرار کرکے اُنھیں ایک کی جگہ چار پوریاں کھلادیتی۔

اتنا ہی نہیں بلکہ گھر میں ہر چیز سلیقہ سے اپنی جگہ صاف شفاف آئینہ سی چمکتی ہوئی دکھائی دیتی تھی۔ کبھی یہ نہ معلوم ہوتا کہ معمولی اوسط درجے کی آمدنی والے کا گھر ہے، یا یہ کہ ان داروغہ جی کا گھر ہے جو رشوت اور تنخواہ ملاکر سوسوا سو مہینہ پیدا کرلیتے ہیں، بلکہ ایسا محسوس ہوتا کہ کسی ہزار ڈیڑھ ہزار کمانے والے کی کوٹھی ہے۔ خود قمر بانو کی صفائی کی یہ حالت کہ ہر روز کپڑا بدلنا ضروری تھا۔ ہر وقت حسن کے تمام اسلحوں سے آراستہ رہتی تھی۔ جب داروغہ جی دیکھتے دل بے اختیار چاہتا کلیجے میں بھرلو۔ چنانچہ دونوں حد درجہ خوشی اور مسرت کی زندگی بسر کرتے رہے۔

داروغہ جی کو قمر بانو میں سوائے دو باتوں کے کوئی ایسی بات نہ ملی جو ذرا بھی ان کے مزاج کے خلاف ہوتی۔ مگر یہ باتیں بھی معمولی تھیں۔ اوّل تو وہ ہر دوسری تیسری شام کو کسی نہ کسی سکھی سے ملنے ضرور جاتی، اور دوسرے وہ جواہر نگار زیورات کی بے حد شائق تھی۔ شروع شروع میں تو وہ ذرا اس کے آنے جانے میں روک تھام کرتے رہے، پھر انھوں نے اس کی صحت کے خیال سے یہ بھی ترک کر دیا۔ دل میں کہتے غریب دن بھر گھر میں بند رہتی ہے۔ دم اُلجھتا ہوگا۔ شام کو ذرا اِدھر اُدھر ہو آئی، تفریح ہو گئی۔ پھر ماشاء اللہ شہر کے ہر محلے میں اُس کے عزیز و اقارب ہیں، نہ ملے گی تو کیا کرے گی۔ بیوی جو اتنی خدمت کرے، اتنی مطیع ہو، اتنی نیک ہو، وہ اتنی آزادی کی بھی مستحق نہیں کہ وہ ہفتہ میں دو ایک بار اپنی سہیلیوں اور عزیزوں سے مل آئے۔

دوسری بات جو شروع شروع میں داروغہ جی کو کھٹکی وہ قمر بانو کا جواہر نگار زیورات کا شوق تھا۔ کوئی مہینہ ایسا نہ خالی جاتا جس میں وہ کوئی نہ کوئی ایسی چیز پھیری والے سے نہ خرید لیتی تھی۔ یہ کہتے "بھئی اس طرح پیسے پھینکنے کا کیا نتیجہ۔ جب اللہ نے ہمیں اتنا نہیں دیا کہ تم سچے جواہرات پہن سکو، تو یہ جھوٹے نگ، جھوٹے موتی، شیشہ اور امی ٹیشن پہننے کا کیا نتیجہ؟ ماشاء اللہ تمھاری عصمت تمھارے حسن کو یونہی چار چاند لگائے ہوئے ہے۔ ان جھوٹے شیشوں کی کیا حاجت ہے؟"

وہ اِس پر مسکرا کر کہتی "صاحب میں کیا کروں۔ مجھے جواہرات سے عشق ہے، سچے نہ سہی جھوٹے ہی سہی۔ مَیں اپنی فطرت کیسے بدل دوں۔

یہ کہتی جاتی اور اُس ہار سے کھیلتی بھی جاتی، جس میں بڑے موتی اس طرح کے آویزاں تھے کہ ہر ایک ہزار ہزار روپے سے کم کا نہ معلوم ہوتا۔ پھر نہایت سادگی سے کہتی "دیکھئے یہ کتنے خوبصورت ہیں۔ بالکل اس طرح کا آب ہے، جیسے سچے ہی ہیں۔"

داروغہ جی اس دوہرے وار کا جواب سوائے مسکرانے کے اور کیا دے سکتے تھے؟ چپ ہو جاتے۔ اور اگر انہوں نے کبھی کچھ کہا بھی تو اپنے دل ہی سے "بھئی بچپنا مزاج میں کوٹ کر بھرا ہے۔ نہیں مانتی۔ کیا کریں۔ اور بھئی اگر عورت میں اتنا بچپنا بھی نہ ہو تو وہ محبت کرنے کے قابل ہی نہیں۔"

کبھی کبھی شام کو وہ بڑے احتیاط سے اپنے انھیں جواہرات کا صندوقچہ اُٹھا لاتی۔ اور کبھی سُرخ عقیق کا گلوبند نکالتی۔ کبھی زمرد کی انگوٹھیاں، کبھی ہیرے کی چوڑیاں۔ اور انہیں روشنی میں چمکا کر اُن کی آنکھوں میں چکاچوند پیدا کر دیتی اور خوب کھلکھلا کر ہنستی۔ پھر کمر لچکا کر آگے

بڑھتی اور اپنے نازک نازک ہاتھوں سے انہیں کی پیشانی پر ٹیکہ لٹکا کر موتیوں کی لڑی ان کے بڑے بڑے بالوں میں پھنسا دیتی، پھر دونوں کانوں میں بندے لٹکا کر خوب ہنستی۔ اور کہتی "اِس داڑھی مونچھ پر اور یہ زیور! کیا صورت ہوگئی ہے، واہ واہ واہ!" اور جب یہ چیں بجبیں ہوتے تو ان زیوروں کو اُتارتے اُتارتے گود میں بیٹھ جاتی اور گلے میں باہیں آویزاں کر دیتی۔ اب داروغہ جی مسکراتے نہ تو کیا کرتے؟

غرض یہ قمر بانو کو باوجود اس کے ان دو کمزوریوں کے دل سے پیار کرتے اور روز روز ان کی محبت بڑھتی جاتی، کہ ایک روز شام کو دسمبر کے مہینہ میں وہ کسی کے یہاں ملنے گئی۔ تھوڑی دیر میں گھنگھور گھٹا آئی اور چمک اور گرج کے ساتھ آئی۔ مینہ برسا اور جم کر برسا۔ کئی گھنٹے کے بعد جو ذرا بوندیں کم ہوئیں تو بیگم صاحبہ کے یہاں سے لپکے ہوئے سردی سے ٹھٹھرتے گھر پہنچے۔ وہاں دیکھا تو بیوی ابھی تک واپس نہیں آئی، سخت پریشان ہوئے۔ نہ معلوم کہاں گئی، کس حالت میں ہے۔ کہیں بھیگی نہ ہو۔ اگر یہ جانتے کہ کس کے یہاں گئی ہے تو کہلا بھیجتے "وہیں رُک جاؤ۔" عجیب بے بسی تھی اور عجیب پریشانی کہ پانی پھر بڑھا۔ اب کی اولے بھی پڑنے لگے۔ خداوند تُو رحم کرنا۔ تُو ہی اسے عقل دینا کہ اس آفت میں گھر سے نہ نکلے۔ دعا ہی مانگ رہے تھے کہ کہار ڈولی لے کر پہنچے۔ اُتری تو دیکھا کہ سر سے پاؤں تک بھیگی ہوئی ہے۔ پانی سے شرابور، سردی سے یہ حالت کہ دانت بول رہے ہیں۔

خفا ہوکر پوچھا "اِس آفت میں آنا ہی کیا ضرور تھا، وہیں رُک جاتیں۔"

وہ مسکرا کر بولی۔ "اور آپ جو پریشان ہوتے؟"

بس سارا غصہ ڈھل گیا۔ جلدی جلدی کپڑے بدلوائے۔ رضائی خود ہی جلد جلد اُڑھائی، انگیٹھی میں آگ پلنگ کے قریب رکھوائی۔ مگر دونوں مل کر بھی فطرت سے جنگ میں کامیاب نہ ہوئے۔ دھان پان تو تھی ہی۔ دسمبر کی سردی اور اولے اپنا بھرپور وار کر گئے۔ تھوڑی دیر میں بخار چڑھ آیا۔ بلغم نے سینے میں گھر کیا، اور ایک ہفتہ میں قمر بانو داروغہ جی کا نرم نرم بستر اور اپنے چمکتے جواہرات سب کچھ چھوڑ کر خاک میں سو رہی۔

داروغہ جی نے حد سے زائد رنج کیا۔ مہینوں ایسا ہوا کہ تین تین وقت کھانا نہ کھایا، ہر وقت روتے رہے۔ بیگم صاحبہ کے یہاں کی ملازمت بھی چھوڑ دی۔ کام کاج، ملنا جلنا سب کچھ ترک کیا۔ بیوی کی تمام چیزیں ایک علیحدہ کمرے میں بند کر دیں۔ صبح اُٹھ کر خدا اور رسول کو یاد کرنے کی جگہ اسی کمرے میں جا کر بیٹھتے۔ خوب آنسوؤں سے منہ دھوتے۔ پھر بیوی کی قبر پر چلے

جاتے۔ وہاں بیٹھے رہتے۔ دوپہر تک وہاں سے واپس آتے۔ گھر پہنچ کر منہ لپیٹ کر پڑے رہتے۔ نوکروں میں سے کسی نے اگر بے حد خوشامد کی تو تھوڑا بہت کھالیا ورنہ وہ بھی نہیں۔

لیکن اس طرح کی زندگی وہی بسر کرسکتا ہے جس کے یہاں خزانہ دفن ہو، یا بینک میں بہت سا جمع ہو۔ ان کے یہاں تھا ہی کیا۔ بس نوکری کا سہارا تھا، وہ بھی چھوڑ دی تھی۔ ایک مہینہ ہی میں گھر کا اثاثہ بکنے لگا۔ آہستہ آہستہ نوکر بھی کھسکنے لگے۔ ماما، دائیوں نے بھی اپنے اپنے گھر کی سدھ بھری۔ وفا پیٹ بھروں سے ہو سکتی ہے، مزدور بھلا کیا کریں گے؟ ہر ایک نے اپنا اپنا ٹھکانا ڈھونڈا۔ اب یہ بالکل اکیلے دَم رہ گئے۔ مگر پھر بھی سینکڑوں روپے ماہوار خرچ کرنے کے عادی تھے، ساری چیزیں ایک ایک کر کے بیچ ڈالیں۔ البتہ قمر بانو کے کمرے میں ہاتھ نہیں لگایا تھا۔ جب فاقے ہونے لگے اور وفورِ غم گھٹا تو اُس کی طرف بھی توجہ ہوئی۔ اس کی یادگاریں بھی فروخت کرنے لگے۔ تھوڑے دِنوں ان کے سہارے بسر ہوئی۔ اب کچھ نہ رہ گیا۔ صرف وہ بکس تھا جس میں وہ جھوٹے موتیوں والا ہار، وہ شیشے والے زیورات رکھے تھے۔ حسرت سے دیکھتے اور دل ہی دل میں کہتے ''کاش ان میں سے کوئی شے اس عصمت مآب نے سچی خریدی ہوتی!''

ایک دن، جبکہ دو وقت ہو چکے تھے کہ ایک چاول بھی اُڑ کر ان کے منہ میں نہ پہنچا تھا، انھوں نے اس صندوقچے کو کھولا، اور اُس میں سے موتیوں کا ہار نکالا۔ سوچا کہ چلو کسی کو دکھائیں۔ پانچ سات روپے کی چیز ہوگی، ایک آدھ مل ہی رہیں گے۔ ایک جوہری کی دُکان پر پہنچے، ڈرتے ڈرتے پہلے رومال سے ہار نکالا اور اُسے دکھایا۔ اُس نے ان کی پھٹی حالت دیکھی، ہار کو دیکھا پھر سر ہلا کر بولا۔ ''نہیں صاحب میں نہ لوں گا۔''

اُنھوں نے کہا ''بھئی اس کی قیمت تو آنک دو!''

اُس نے پھر ہار کو اُٹھا کر دیکھا، اور بولا ''پندرہ ہزار!''

ایسا معلوم ہوا پاؤں تلے سے زمین نکل گئی۔ شاید ان سے مذاق کر رہا تھا۔ دل میں کبیدہ ہوئے۔ ہار اُٹھا کر جیب میں رکھ لیا۔ مگر بھوک ضبط سے باہر تھی۔ قیمتی ہو یا معمولی بیچنا ضروری تھا، شہر کے سب سے بڑے جوہری کے پاس پہنچے۔ اِس نے ہار دیکھتے ہی کہا ''یہ تو میری ہی دُکان سے خریدا گیا تھا۔''

ان کو اب اس کے قیمتی ہونے کا یقین آ گیا۔ مگر یقین آتے ہی عرق عرق ہو گئے۔ نیچی نگاہیں کر کے پوچھا۔ ''کتنے کا ہے؟''

اس نے رجسٹر منگوایا۔ ڈھونڈھ کر نکالا۔ بولا۔ ''بیس ہزار کا ہے... اب موتیوں کا بھاؤ

گھٹ گیا ہے۔ اس وقت اٹھارہ ہزار کی مالیت ہے۔"

اُنھوں نے خشک لب چاٹے، پھر بولے۔ "مَیں بیچنا چاہتا ہوں۔"

اُس نے رجسٹر پھر بغور دیکھا اور پوچھا "آپ کو کیسے ملا؟"

اُنھوں نے آہستہ آہستہ رُک رُک کر اس طرح جواب دیا، جس طرح مجرم اقرارِ جرم کرتا ہے۔ "یہ میری بیوی قمر بانو کا ہے۔ وہ مر گئیں!"

اس نے سر ہلا کر کہا۔ "ہاں انھیں کے لیے خریدا گیا تھا... تو اگر آپ بیچنا چاہتے ہیں تو دو گھنٹہ بعد آیئے۔ میں ذرا تحقیق کرلوں... اور ہار یہیں چھوڑ جایئے۔"

اُنھوں نے رسید لے لی اور دُکان سے باہر چلے آئے۔ دنیا آنکھوں میں تاریک تھی۔ جس کی عصمت کی قسم کھا سکتے تھے، جو مجسمۂ عفت تھی وہ اِس طرح کی... چکر آنے لگا اور ایسا معلوم ہوتا کہ کوئی دَم گھونٹے دیتا ہے۔ غش کھا کر گر پڑے۔

ہوش آیا تو خود کو ایک انگریزی دواخانے میں بنچ پر لیٹا پایا۔ ڈاکٹر نے نبض دیکھ کر نقاہت اور کمزوری کے رفع کرنے کے لیے دوا پلا دی۔ عادتاً جو جیب میں دام دینے کے لیے ہاتھ گیا تو وہاں پیسہ کہاں؟ بڑی تکلیف ہوئی۔ معاً ہار یاد آیا۔ اور بیوی... مسکرانے اور شکریہ ادا کر کے لڑکھڑاتے ہوئے اُٹھے۔ پھر جوہری کے یہاں پہنچے۔ اُس نے ان پر ایک تیز نظر ڈالی۔ پھر بولا۔ "میں نے دریافت کرلیا۔ کیا آپ اُسے علیحدہ کرنا چاہتے ہیں۔"

اُنھوں نے سر ہلا کر کہا "ہاں!"

اُس نے تجوری کھولی، اور اٹھارہ ہزار کے نوٹ انھیں گن دیے۔ یہ نوٹ جب جیب میں رکھ چکے تو نظر فرش پر جمائے اس طرح بولے "ان کے اور بھی جواہرات ہیں... لے آؤں۔"

اُس نے کہا: "ہاں، ہاں، خوشی سے!"

دوسرے دن پورا صندوقچہ اُٹھا لائے۔ ساری چیزیں دکھائیں۔ ہر چیز قیمتی تھی۔ کل ایک لاکھ سے زیادہ کی مالیت نکلی۔ انھوں نے سب کی سب خرچ کر ڈالیں۔

اُس روز شب میں پہلی دفعہ گھر کے باہر ایک غیر عورت کے پہلو میں سوئے۔ شب بھر موقع بے موقع کھلکھلا کر ہنس پڑتے تھے۔ سوال پر ہمیشہ یہی جواب دیتے تھے۔ "غلط فہمی، غلط فہمی! لیکن ازالۂ غلط فہمی کی قیمت سوا لاکھ!" اور ہر مرتبہ اس طرح کی بھیانک ہنسی ہنستے تھے کہ پوچھنے والی کو ان کے توازنِ دماغی کے بارے میں شبہ ہونے لگتا تھا!

امتحانِ قدرت

نعیم اور محمود کی ملاقات کچھ آج کی نہ تھی۔ تقریباً پندرہ برس سے دونوں میں بے تکلفی کی دوستی تھی۔ تعارف کا ذریعہ نواب احسان علی خاں بنے تھے۔ محمود اُس زمانے میں اُن کی مصاحبت کے فرائض انجام دیتا تھا اور اصل میں اُن کا درباری مسخرہ تھا۔ یہ بھی عجیب وغریب پیشہ ہے۔ اس کی انجام دہی انسان کو ذلیل ترین حرکات کرنے پر اس لیے مجبور کرتی ہے تاکہ اس کے ولی نعمت کے کریہہ چہرے پر مسکراہٹ کی جھلک دکھائی دے۔ پیٹ کا مارا محمود کبھی گدھا بنتا، کبھی خچر، کبھی طرح طرح کی چڑیوں کی بولی بولتا۔ دن رات نئے نئے فقرے تراشتا، نئی نئی پھبتیاں سوچتا۔ اسی پر اکتفا نہ ہوتی، بلکہ جہاں ولی نعمت اور ولی نعمت کے ساتھیوں کا ہنسانا فرض تھا، وہاں ولی نعمت کے بے نمک فقروں پر ہنسنا اور اکثر جھینپنا بھی ضروری تھا۔

ہندوستانی امیروں کا دربار فحش بازی کے لیے مشہور ہے۔ اُن کے ہاں مزاح کے معنی مذاق اور مذاق کے معنی گالیاں ہیں۔ محمود کو مسخرگی کی بدولت دن رات میں سینکڑوں گالیاں سننا پڑتیں اور ہزاروں پھبتیاں، پھر اسی کے ساتھ یہ بھی خیال کہ کہیں ایسا نہ ہو۔ نواب کو کوئی بات ناگوار گزرے اور روٹیوں کا سہارا بھی جاتا رہے۔ لوگ کہتے محمود چکنا گھڑا ہے، اس پر کسی فقرے کا بھلا اثر ہوتا ہے۔ انہیں کیا معلوم کہ خاکستر میں چنگاریاں بعض وقت دبی ہوتی ہیں اور گرد میں سوار، اور گدڑی میں لعل بھی ہوتے ہیں۔

نعیم صاحب نے پہلے ہی دن کی ملاقات میں محمود کی آنکھوں کا درد دیکھ لیا انہوں نے محسوس کرلیا کہ محمود کی ہنسی کے اجزائے ترکیبی میں نالہ ہائے نیم شبی بھی داخل ہیں۔ اسی لیے انہوں نے پہلے ہی دن سے محمود سے قدرے خلوص برتا اور اس کی دستگیری اپنا شعار بنالیا۔

محمود کو اس دستگیری کی ضرورت بھی تھی۔ دس روپیہ کا ملازم سرائے میں قیام، بی بھٹیارن

نئے نئے طریقوں سے اس سے موعود مقدار سے کہیں زیادہ پیسے وصول کر لیتی تھیں۔ کھانے کا چار روپیہ مہینہ اور کمرے کا ایک روپیہ ماہوار طے تھا۔ لیکن بی بھٹیارن کے یہاں آئے دن کوئی نہ کوئی ایسا حادثہ پیش آ جاتا کہ محمود کو اُن کی مدد کرنا پڑتی، کبھی کوئی عزیز قریب مر جاتا اور غمی میں شرکت کے لیے اُن کے پاس یکہ کے کرایہ کے پیسے نہ ہوتے۔ کبھی کوئی بدمعاش اُن کی ٹوٹی پتیلیوں میں سے ایک کھسکا دیتا۔ غرض طرح طرح کی آفتیں آتی رہتی تھیں اور محمود کا نرم دل ایک عورت کو ان آلام میں گرفتار نہ دیکھ سکتا۔ نتیجہ ظاہر تھا۔ پانچ روپیہ میں مٹی کا تیل، دھوبی کی دُھلائی ملنے والوں کے لیے پان تمباکو پھر اس پر حقوق ہمسایہ کتنے کام انجام پا سکتے تھے؟ چنانچہ غریب محمود اکثر مقروض رہتا تھا۔

مگر یہ عجیب بات تھی کہ جتنی پریشانیاں بڑھتیں، اتنی ہی محمود کی ہنسی بڑھتی۔ جب اطمینان ہوتا تو مسکراہٹ متانت کے ساتھ خراماں خراماں چہرے پر آتی، لیکن جب جیب خالی ہوتی تو ہنسی چہرے پر دوڑتی پھرتی۔ نعیم کو اُس کی یہ ادا خاص طور سے پسند تھی۔ جہاں وہ زیادہ ہنسنا شروع کرتا یہ تاڑ جاتے۔ طرح طرح کی خاطریں کرتے۔ نواب کے یہاں سے کسی نہ کسی بہانے سے اُٹھا لاتے اور بڑے اصرار سے اپنے ساتھ کھانا کھلاتے۔ چلتے وقت چپکے سے ایک آدھ روپیہ جیب میں ڈال دیتے۔ اکثر ایسا ہوا کہ محمود نعیم کی اس شرافت اور محبت پر ہنسنے کی جگہ رونے لگتا۔ لیکن نعیم نے ہمیشہ یہ کہہ کر ٹال دیا۔ ''بھائی محمود اگر اتنی سی بات میں بھی غیریت برتو گے تو دوستی کیسی؟ ارے میاں آج میں تمھاری خدمت کر سکتا ہوں، ممکن ہے کہ کل مجھ پر کوئی آفت آئے اور تم کام آ سکو!''

محمود اس گفتگو پر 'شیر اور چوہے' والا قصہ یاد کر کے رونے میں بالکل اسی طرح ہنس دیتا جیسے پانی برسنے میں دُھوپ نکل آئے!

محمود کو پٹنہ چھوڑے ہوئے آٹھ دس برس ہو چکے تھے۔ اس زمانہ میں وہ معلوم کہاں کہاں کی خاک چھان چکا تھا، کلکتہ، بمبئی، مدراس، راجپوتانہ، کشمیر، ہندوستان، کے ہر گوشے میں ٹھوکریں کھائیں سینکڑوں نوکریاں اور صدہا پیشے کیے۔ کبھی ٹریم پر ٹکٹ کلکٹری کی تو کبھی موٹر پر صفائی کا کام، کہیں بچوں کی اتالیقی کرنا پڑی تو کہیں پر بیڑی سگریٹ بیچ کر گزر اوقات کا وسیلہ ہاتھ آیا۔ غرض بیس برس بعد لکھنؤ اپنے وطن پلٹنا نصیب ہوا۔

جس شخص نے دنیا کا اس قدر سرد وگرم دیکھا ہو، جو ملک کے بڑے سے بڑے امراء و روؤسا کے درباروں میں بیٹھا ہو، جس نے ملک کے بدمعاش ترین خطّہ کے ساتھ عمر کا خاصا حصّہ کاٹا ہو، اُس کے متعلق یہ دعویٰ ہرگز نہیں کیا جاسکتا کہ وہ بہت ہی نیک آدمی تھا۔ نہ کبھی اُس نے جھوٹ بولا، اور نہ کبھی بے ایمانی کی۔ محمود کے متعلق جو دعویٰ کیا جاسکتا ہے۔ وہ صرف اتنا ہے کہ وہ انسان تھا اور باوجود مختلف طرح کی کمزوریوں کے اس میں بہت کچھ حمیت تھی، بہت کچھ شرافت تھی اور سب سے بڑی بات، اس کے دل میں بہت سا درد تھا۔

وہ اس حقیقت سے خوب آگاہ ہو چکا تھا کہ آج کل کی دنیا میں نہ تو فرشتے ہوتے ہیں اور نہ مجسم شیطان، پاجی سے پاجی آدمی میں شرافت کی جھلک ہوتی ہے اور نیک سے نیک لوگوں میں بُرائی کا شائبہ۔ اُس کے لیے پتھر میں ہیرا اور سیب میں کیڑا کوئی نئی بات نہ تھی۔ یہی وجہ تھی کہ وہ اپنے ملنے والوں کی چھوٹی چھوٹی کمزوریوں کی پروا نہ کرتا، بلکہ ان کے نفس اور ان کی طینت پر نگاہ رکھتا۔

نعیم کے متعلق وہ اتنا جانتا تھا کہ پٹنہ میں اگر کوئی ایسا شخص ہے جس نے اُسے انسان سمجھا تو وہ صرف ایک وہی ہے۔ وہ اِس سے واقف تھا کہ نعیم قدرے منچلا ہے۔ اسے حسنِ نسوانی کی کشش مجنوں بنا دیتی ہے اور اس کی صحبت زیادہ تر رنگین ہے لیکن وہ ان تمام اُمور کو ہمیشہ نظر انداز کر دیتا اور صرف اتنا یاد رکھتا کہ نعیم نے اس پر ہمیشہ احسان کیا، اور باوجود ایک متمول رئیس ہونے کے اس سے بھائیوں کا سا برتاؤ کیا پھر بھی محمود اپنی حیثیت سے واقف تھا۔ اور محسن واحسان مند کے تفاوت کو جانتا تھا۔

اسی بنا پر جب اُس نے اپنے محسن کو بالکل ایک جنٹل مین کی طرح ایک ہندوستانی عورت کے ساتھ بیلی گارڈ میں ٹہلتے دیکھا تو اس نے صرف ایک گائڈ کی حیثیت سے سلام کرنے پر اکتفا کی۔ دل میں خیال تھا۔ نعیم صاحب اگر مناسب سمجھیں گے تو پہچانیں گے۔ ورنہ دوستی کی گرم جوشی کی جگہ رہنمائی کے خشک غیر جذباتی فرائض سہی، لیکن نعیم صاحب اسے دیکھتے ہی خوش ہو کر بولے۔ ’’بھئی محمود خوب ملے۔ کیا آج کل یہاں بیلی گارڈ میں رہنمائی کرتے ہو؟‘‘

محمود نے مسرور ہو کر جواب دیا۔ ’’جی ہاں آج کل یہیں ہوں۔‘‘

نعیم نے کہا۔ ’’یار، تم خوب ملے۔ ہم لوگ بھی لکھنؤ گھومنے ہی آئے ہیں۔‘‘

محمود بھلا اب کہاں چپ رہنے والا تھا، جذبات کی موجوں میں زبان چھوٹی سی کشتی کی طرح بہ چلی۔ تو بھلا مجھ سے بہتر اس کام کو کون انجام دے سکتا ہے۔ آصف الدولہ کا امام باڑہ حسین آباد گھنٹہ گھر، کمپنی باغ، لوہے کا پل، چھتر منزل، قیصر باغ، حضرت گنج سکندر باغ، کون ایسا مقام ہے جس کے کونے کونے سے میں واقف نہیں ہوں۔ شام اودھ دیکھنا ہو تو اکبری دروازے سے چوک میں داخل ہو جیے۔ تماشائیوں کی چہل پہل دیکھیے۔ جاڑوں میں شالی چادریں کندھوں پر پڑی ہوئی، لوگ بانکے بنے چلے آرہے ہیں۔ چائے کی دُکانیں سجی ہوئی ہیں۔ سپید سپید پیالیوں میں عنابی رنگ کی چائے اُس پر بالائی پڑی ہوئی۔ گرم اتنی کہ ایک گھونٹ پینے میں جہنم کے فرشتوں کے ہونٹ جلیں، گرمیوں میں اُنہیا لے انہیں دُکانوں پر شربت و فالودہ۔ ہر ایک پیالہ اتنا یخ کہ کرۂ زمہریر کے رہنے والے چھوتے ہی ٹھنڈے ہو جائیں پھر سرد۔ ہمسایہ مفت کا پریوں کا نظارہ دکھاتے ہیں! اگر جدت پسندوں کی تراش خراش، کوٹ پتلون کی نوک پلک دیکھنا ہو تو امین آباد اور حضرت گنج کی سیر کیجیے۔ موٹروں کی وہ افراط کہ الامان والحفیظ! جسے دیکھیے کالا ہو یا گورا، ایک پٹے کٹی بغل میں بٹھائے لیے اُڑا جاتا ہے۔ پھر سینما میں 'پرنس آف ویلز' پلازا کیپٹل 'الفنسٹن'، 'رائل یونیورسل' کبھی لاری میں اشتہارات تقسیم ہو رہے ہیں، تو کبھی مسخروں کی برات کی برات کی شکل میں۔ کہیں پر مس فیروزہ ناچتی ہیں تو کہیں پر مس گلزار۔ غرض کیا بتاؤں۔ لکھنؤ سی جگہ آپ سا دیکھنے والا، مجھ سا دکھانے والا، واللہ ایسی ایسی چیزیں دکھاؤں کہ یہ نہ معلوم ہو کہ دن کب تمام ہوا، اور رات کب ختم ہوئی!"

نعیم ہنس کر بولے۔ "یاران چیزوں کے دیکھنے سے زیادہ تو تمھاری باتوں میں مزہ آ گیا۔ بس اب لکھنؤ کی سیر تمھارے ساتھ ہی ساتھ ہوگی۔"

وہ عورت جو نعیم کے ساتھ تھی۔ چپکی کھڑی مسکرایا کی، محمود بھی نثر میں شاعری کرتا جاتا اور اسے کنکھیوں سے دیکھتا جاتا تھا۔ اگر اسی کے الفاظ میں اس کی تصویر کشی کی جائے تو وہ معمولی انسانوں کی صفوں سے نکل کر قاف کی پریوں میں شامل ہو جائے گی اس کا بیان ہے کہ گلاب کی پنکھڑیوں کو نچوڑ کر سونے میں ملایا تھا۔ اس میں ہلکا سا شہاب شامل کر کے ایک خاص رنگ تیار کیا تھا، جس سے اس کے گال بنائے تھے۔ اسی لیے ان میں کندن کی زردی بھی تھی اور گلاب کی سُرخی بھی۔ پھر رگیں تھیں یا زمرد کی قلمیں، آنکھیں غزالوں کی طرح بڑی تھیں۔ لیکن ان میں

چمک ویسی تھی جیسے گل بنفشہ پر شبنم کا قطرہ جو سورج کی اوّلیں شعاعوں میں درخشاں ہو۔ اس کے ہونٹوں کی کیفیت اور تکلم میں ان کی حالت اس شخص کے فہم سے باہر ہے۔ جس نے گلاب کی کلی کو اپنی آنکھوں سے کھلتے نہ دیکھا ہو۔ اس کی چال میں کبک خرامی کے ساتھ ساتھ رم بھی تھا اور جسم میں سرو کی استقامت کے ساتھ بید کی لچک بھی۔ جب محمود سے لسان کے پاس الفاظ کا ذخیرہ کم ہو جاتا تو وہ جھوم جھوم کر کہتا:

گل رخش، سرو قدش، غنچہ لبش، نرگسِ چشم

از بہار آنچہ بجا ماند، تنے ساختہ اند

محمود نے سلسلہ گفتگو ختم ہونے پر اس حسن کے مجسمہ کو نگاہ غلط انداز سے دیکھا۔ پھر نعیم پر سوالیہ انداز سے نظر کی۔ انھوں نے کچھ گھبرائی ہوئی آواز میں کہا: ''یہ... ایں... ایں... تمھاری نئی بھابھی ہیں!''

محمود نے کچھ جھینپ کر 'نئی بھابھی' کو سلام کیا۔ انھوں نے شرما کر جواب دیا۔ نعیم مسکرائے پھر بولے۔ ''اچھا میاں محمود تو آج تو تم ہم لوگوں کو بیلی گارڈ کی سیر کراؤ۔ پھر شام کو ہوٹل میں ملو اور وہیں ہفتہ بھر کی سیر کا پروگرام تیار ہوگا۔

اُس دن ایک گھنٹہ سے زیادہ محمود ریذیڈنسی کا چپہ چپہ دکھاتا رہا اور اس نے نہ معلوم کتنے سچے جھوٹے قصے نعیم صاحب اور ''نئی بھابھی'' کو سنا ڈالے۔ وہ فطرتاً نثر کا 'بدیہہ گو' تھا۔ جب اِس طرح کا زریں موقع ہاتھ آئے تو پھر زبان قینچی کی طرح کیوں نہ چلے اور اشعار منثور کی سینکڑوں لڑیاں کیوں نہ تیار ہو جائیں؟

ایک ہفتہ نعیم صاحب کا قریب قریب رات دن ساتھ رہا۔ بھلا اس یار باشی میں ریذیڈنسی کی رہنمائی کے فرائض کب یاد رہ سکتے تھے! اس لیے وہاں سے ''فرانسیسی چھٹی'' لے لی۔ نعیم صاحب کو لکھنؤ کا گوشہ گوشہ دکھا ڈالا۔ نئی بھابھی سے پہلے بے تکلفی ہوئی پھر اختلاط بڑھا۔ پھر اختلاط نے کشش کی صورت اختیار کی، وہ جذبہ میں منتقل ہوئی اور بالآخر اس جذبہ کی وسعت و عمق کی سرحدیں عشق کے لامحدود دائرے میں منتقل ہو گئیں۔

لیکن وہی خاکستر میں دبی ہوئی چنگاری، وہی مبالغہ، جھوٹ اور ریا میں چھپی ہوئی حمیت آڑے آئی۔ وہ جانتا تھا کہ صفیہ نعیم صاحب کی کس طرح کی بیوی ہے۔ وہ ان کی خاندانی

روایات اور طرزِ معاشرت سے اچھی طرح واقف تھا۔ لیکن جب وہ صفیہ کو بالاعلان 'اپنی بیوی' کہتے تھے تو پھر محمود کو اس کا کیا حق تھا کہ وہ اُسے اپنے محسن نعیم کی ناموس نہ سمجھے؟ چنانچہ محبت دل ہی دل میں بڑھتی رہی، آگ اندر ہی اندر سلگا کی، لیکن محمود نے خود اپنے دل سے اس جذبہ کے وجود کا اقرار نہ کیا اور اپنے افعال و حرکات سے کسی کو کسی عنوان مشتبہ نہ ہونے دیا۔

ایک روز صبح کو وہ حسبِ معمول ہوٹل پہنچا تو نعیم صاحب نے بہت لمبا چہرہ بنا کر اس سے کہا۔ ''یار محمود کیا کہوں کل بمبئی سے تار آیا ہے کہ میرے ایک عزیز قریب وہاں بیمار ہیں۔ مجھے جلد سے جلد وہاں پہنچنا چاہیے۔

محمود نے کہا۔ ''ہاں ہاں، یقینی تو اسباب باندھا جائے؟''

نعیم نے کہا۔ ''ہاں جی وہ تو باندھا بھی جائے گا۔ دقت یہ ہے کہ مَیں تمھاری بھابھی کو ساتھ نہیں لے جانا چاہتا۔ بیماری کا معاملہ ہے۔ خدا جانے کیا مصیبت پڑے کیا نہ پڑے۔''

محمود نے کہا: ''تو کیا انھیں پٹنہ پہنچا آؤں؟''

نعیم تھوڑی دیر سر کھجایا کیے پھر بولے۔ ''نہیں یار! ان کا تمھارے ساتھ جانا اچھا نہیں، مَیں تو یہی مناسب سمجھتا ہوں کہ انھیں یہیں تمھاری حفاظت میں چھوڑ جاؤں۔''

محمود نے اپنے استعجاب کو چھپا کر جلدی سے کہا۔ ''تو میں اس کے لیے بھی تیار ہوں... شاید آپ کے دل میں کوئی اور خیال... ہو تو میں آپ سے یہ قسم کہتا ہوں کہ میں اُن سے اسی طرح... پیش آؤں گا جس طرح اپنی حقیقی بہن سے...''

نعیم نے بات کاٹ کر کہا۔ ارے یار بیکار کی قسمیں کیوں کھا رہے ہو۔ تم پر شک کس مردود کو ہے۔ میں تمھاری طبیعت سے اچھی طرح واقف ہوں۔ مجھے ان باتوں کا مطلقاً خیال نہیں، مجھے جس اُمر کی فکر ہے وہ یہ ہے کہ میرے پاس اس وقت اتنے روپے نہیں کہ اُن کے لیے کافی خرچ دے جاؤں۔''

محمود نہایت بے پروائی سے بولا۔ ''اونھ روپیہ پیسے کی کیا فکر۔ مَیں موجود ہی ہوں سب انتظام ہو جائے گا۔ آپ مطمئن رہیں۔''

غرض اسی دن شام تک کرایہ کا ایک مکان لے لیا گیا۔ ایک بوڑھی ماما ڈھونڈھ لی گئی اور صفیہ نئے مکان میں اُٹھ آئی۔ دس بجے شب کی گاڑی سے نعیم صاحب بمبئی میل پر بیٹھ کر روانہ ہو گئے۔ اسٹیشن تک محمود اور صفیہ بھی گئے تھے۔ صفیہ کی حالت دن ہی سے قابلِ افسوس تھی۔ چہرہ

زرد آنکھوں میں حلقے پڑے ہوئے، بات بات پر آنسو نکلے پڑتے تھے، اسٹیشن سے واپسی پر محمود نے پچیسیوں فقرے چست کیے اور بیسیوں لطیفے بیان کیے تب جاکر صفیہ کے چہرے پر قدرے مسکراہٹ دکھائی دی پھر بھی غم کی گھٹا اتنی تاریک تھی کہ یہ مسکراہٹ بھی محض ایک لمحہ کے لیے چہرے کو چمکا سکی۔ محمود کی یہ حالت کہ جتنا ادھر اضمحلال بڑھتا اور افسردگی میں اضافہ ہوتا اتنا ہی اُسے اس اَمر کا احساس ہوتا کہ صفیہ اور نعیم کی محبت معمولی نہیں۔ جدائی کی چند گھڑیاں بھی سخت ترین مصیبت بن گئی تھیں۔ اسی کے ساتھ اس کی ذمہ داری اور اس کے وعدہ کا ایفا دونوں حد درجہ اہم ہوگئے تھے۔ قدم ڈگمگا رہے تھے، پاؤں کے نیچے کی زمین نکلی جارہی تھی، امتحان سخت تھا۔ سہارا صرف دنیا کی برائیوں میں دَبی ہوئی حمیت کا! بس خدا ہی یہ کام انجام تک پہنچائے!

نعیم صاحب کو گئے ہوئے دو ماہ سے زیادہ گزر گئے۔ صفیہ کی افسردگی نے مستقل صورت اختیار کرلی۔ غم سے روز بروز گھلنے لگی۔ کھلتی ہوئی کلی مرجھانے لگی۔ محمود صبح و شام دل بہلانے جاتا۔ کبھی دیو پریوں کا قصہ کہتا۔ کبھی ظریفانہ چٹکلے بیان کرتا۔ کبھی مختلف جانوروں کی بولیاں بولتا۔ کبھی ان کے حرکات کی نقلیں کرتا۔ لیکن صفیہ اس پودے کی طرح جو ایک جگہ سے دوسری جگہ بے احتیاطی سے منتقل کیا گیا ہو سوکھنے لگی۔ ایک تو یوں ہی دھان پان، پھر غم کا بوجھ صحت خراب ہوئی، لکھنؤ کا تحفہ ملا، حرارت اور کھانسی شروع ہوگئی۔ محمود نے طبیبوں اور ڈاکٹروں کے پاس دوڑنا شروع کیا، نسخے لکھوانا دوائیں لانا، خود ہی کوٹ پیس کر تیار کرنا، پھر ہزار بہانوں سے پلانا روزانہ کے فرائض بنے۔

ایک دن جبکہ وہ معدن الادویہ سے دوا لے کر واپس آیا تو صفیہ ست پلنگ پر پڑی تھی۔ کلیجے پر تو تیر سا لگا لیکن ظاہر میں ہنس کر بولا۔ حکیم صاحب تو بہ قسم کہتے ہیں کہ اس دوا کی تین خوراک پیتے ہی ہنسنے لگیں گی، اور آپ ہیں کہ خواہ مخواہ کئی گز لمبا چہرہ بنا کر مجھے ڈرائے دیتے ہیں۔ واہ بھابھی واہ! کہیں بھائی صاحب ایسی حالت میں دیکھ لیں تو میں کہیں کا نہ رہوں!''

صفیہ بجائے اس کے کہ اس فقرے پر ہنسے یا مسکرائے رو دی۔ اور یہ جتنا اس کے ہنسانے کی کوشش کرتا رہا اتنا وہ روتی ہی گئی۔ بالآخر بولی۔ ''محمود میاں میں تمھاری سب باتیں سمجھتی ہوں۔ لیکن میں کمزور عورت ذات، بے بس ہوں کیا کروں۔''

محمود نے گھبرا کر پوچھا۔'' کیوں بھابھی کیا ہوا۔ میں نے کون سا قصور کیا؟''

وہ بولی۔ ''کیوں میاں یہ تم دوا کہاں سے لاتے ہو؟ تم کو کس نے پیسے دیئے؟ تم دو مہینے سے جو میرا خرچ اُٹھائے ہوئے ہو تو یہ کیوں؟''

سوال سخت تھا۔ لیکن محمود گرگِ باراں دیدہ تھا۔ فوراً دروغ بیانی کی۔ بولا۔ ''آپ یہ کیا فرما رہی ہیں۔ مجھ بیچارے کے پاس اتنے پیسے کہاں؟ بھائی صاحب جاتے وقت روپے دے گئے تھے۔ وہی خرچ ہو رہے ہیں... کیا آپ کو کسی چیز کی ضرورت ہے۔ آپ بتائیں میں لا دوں۔''

صفیہ نے چشمِ پُرنم سے کہا: ''میں خوب سمجھتی ہوں۔ نہ اب وہ آئیں گے اور نہ انھوں نے روپیہ دیا۔ آپ جی بھر کر جھوٹ بولیے۔''

محمود نے ذرا متین بن کر قسمیں کھانا شروع کیں، وہ چپ اُن کی صورت دیکھا کی۔ اصرار پر دوا بھی پی لی۔ جب جانے لگا۔ تو ایک خاص انداز سے پوچھا۔ ''آپ کو اُن کا پتہ معلوم ہے؟''

ذرا سر کھجا کر بولا۔ ''نہیں... لیکن مجھے یقین ہے۔ میرا دل کہتا ہے کہ دو تین روز میں اُن کا خط آیا ہی چاہتا ہے۔'' اُس نے آنکھوں میں آنسو بھر کر منہ پھیر لیا۔ محمود نے پھر قسمیں کھانا شروع کر دیں۔ ''واللہ غلط نہیں ہو سکتا۔ بھابھی اپنے سر کی قسم جو جھوٹ کہتا ہوں۔''

اس نے صرف ایک فقرہ کہا اور پھر نہ بولی۔ ''جھوٹی قسمیں نہ کھاؤ۔ تمھاری جان ایسی تمام چیزوں سے کہیں زیادہ قیمتی ہے۔''

محمود نے سینکڑوں بار اس طرح کے جملے سُنے تھے، لیکن صفیہ نے آج جس انداز سے یہ فقرہ کہا تھا اس نے اُسے گونگا بنا دیا، وہ اپنے دِلی ہیجان سے اِس طرح گھبرایا کہ سوائے بھاگ آنے کے کوئی بات اُس کی سمجھ میں نہ آئی۔

راستہ بھر دل میں نعیم کو کوستا رہا۔ دماغ صفیہ کے خوش کرنے کی صورتیں سوچتا رہا، حکیم صاحب کی ملاقات نے اور پریشانیوں میں اضافہ کر دیا۔ وہ تانگہ پر کسی مریض کو دیکھنے جا رہے تھے۔ اسے دیکھ کر تانگہ رُکوایا اور قریب بلا کر کہنے لگے۔ ''بھئی محمود میں جتنا ہی مریضہ کی حالت پر غور کرتا ہوں، اتنا ہی مجھے اس اَمر کا یقین ہوتا جاتا ہے کہ وہ کسی کی محبت میں گُھلی جاتی ہے۔ وہ اِن عورتوں میں سے ہے جن کی زندگی پیار محبت، خوشی و مسرّت پر منحصر ہے۔ اس کی جان اگر بچانا چاہتے ہو تو اُسے خوش کرنے کی فکر کرو ورنہ دوا بیکار ہے!''

حکیم صاحب تو یہ نسخہ بتا کر چل دیئے، لیکن غریب محمود کو یہ دوا ملے کہاں؟ خوشی نہ تو کسی عطار کے یہاں ملتی ہے اور نہ کسی 'کمیسٹ ڈرگسٹ' کی دُکان پر! علاوہ بریں صفیہ کی خوشی صرف نعیم سے ملنے پر منحصر تھی۔ ان کا بلا لینا انسانی اختیار سے باہر۔ ہاں خط وسیلہ اور ذریعہ ہو سکتا تھا۔ اسے کہاں بھیجا جائے؟ عجیب مصیبت تھی۔ دل و جان سے زیادہ قیمتی صفیہ موت سے روز بروز قریب تر ہوتی جاتی تھی اور محمود بے بس!

اسی اُدھیڑ بن میں بیڑی کے لیے جو جیب میں ہاتھ ڈالا تو بیڑی ندارد۔ پان والے کی دُکان پر کچھ ایسے لفافے دکھائی دیئے۔ جن پر عراق وعرب کے ٹکٹ چسپاں تھے۔ چہرہ خوشی سے چمک اُٹھا۔ بیڑی نہ خریدی بلکہ جیب کے سارے پیسے دوسرے دُکاندار کی نذر کیے اور بڑی خوشامدوں سے استعمال شدہ ٹکٹ خرید لائے۔

گھر پہنچ کر لکھنے کی کوشش ہونے لگی۔ نعیم کے حرف سے حرف ملانے کی فکر علیحدہ۔ نتیجہ یہ ہوا کہ رات کے بارہ بجے تک نہ معلوم کتنے خط لکھے اور پھاڑے گئے۔ بالآخر ایک مسودہ ہر صورت سے پسند آیا اور اسی وقت لفافہ میں لکھ کر بند کیا گیا۔ پھر لفافہ خاک میں بھرا گیا تا کہ ایسا محسوس ہو کہ بہت دنوں کا چلا ہوا ہے اور بہت دُور سے آیا ہے۔

صبح سویرے ہی صفیہ کے مکان کی کنڈی کھنکھٹائی۔ اندر سے ماما نے پوچھا کون؟ وہ آواز بدل کر بولے۔ 'ڈاکیہ' اور جلدی سے لفافہ ڈیوڑھی میں پھینک کے بھاگ آیا۔ تھوڑی دیر میں متین و سنجیدہ بن کر گھر میں گیا۔ ماما نے خبر دی، میاں کا خط آیا ہے پھر کیا تھا صفیہ سے مٹھائی مانگنے لگا۔ ''بس منہ میٹھا کیجیے۔ میں نہ کہتا تھا کہ خط آیا ہی چاہتا ہے!'' وہ ذرا مسکرائی اور اس کے گال گلابی ہو گئے۔ محمود بھی بلبل کی طرح چہکنے لگا۔ فقرے بھی چست ہوئے، جملوں کی روانی اور زبان کی طراری بھی عود کر آئی۔ بات بات پر ہنسی پھوٹ پڑی۔ اور موقع بے موقع دانت نکل پڑے۔ وہ مسکرا کر سب کچھ سنا کی۔ جب محمود چلنے لگا تو بولی۔ ''اس خط میں کہیں پتہ نہیں لکھا ہے۔ آپ کو معلوم ہے؟''

اب کی پہلے ہی سوچے بیٹھا تھا۔ ''ہاں ہاں'' آپ خط لکھ ڈالیں میں بھیج دوں گا۔

دوسرے دن صفیہ نے خط لکھ کر ایک سادہ لفافہ میں بند کر کے اسے دیا۔ اس نے ہنس کر کہا۔ ''بس اس خط کے پاتے ہی سرپٹ بھاگتے چلے آئیں گے۔ کیا مجال جو ایک منٹ رُکیں۔''

صفیہ نے محمود کی صورت مایوسی سے دیکھی اور منہ پھیر لیا۔ وہ بیٹھا تھوڑی دیر اِدھر اُدھر کی گپ لڑایا کیا۔ پھر اُٹھ کر چلا آیا۔

گھر آ کر اسی سوچ میں پڑ گیا۔ کہ اس خط کا کیا حشر کیا جائے جی تو یہی چاہتا تھا کہ کھول کر پڑھ ڈالیں لیکن یہ خیال کہ اِس میں نعیم سے اظہارِ محبت کے سوا اور لکھا ہی کیا ہوگا۔ مانع ہوا۔ علاوہ بریں دوسرے کے نام کا خط پڑھ لینا کوئی اچھی بات بھی نہ تھی۔ لہٰذا اسی طرح بند خط بستر کے نیچے پلنگ پر سرہانے کی طرف ڈال دیا گیا۔

دو تین روز عمداً جواب نہیں لکھا۔ پھر نعیم کی طرف سے جواب لکھا اور اسی طرح ڈاکیہ بن کر صفیہ کے مکان میں پھینک آیا۔ غرض اب خطوں کا سلسلہ شروع ہوا۔ پہلے تو پوری زبان کا خیال اور دوسرے کے جذبات کی ترجمانی کا دھیان رہا۔ لیکن چند خطوں کے بعد قلم بھاگنے لگا۔ نعیم کے نام سے خود اپنے دلی جذبات کا اظہار ہونے لگا۔ موجوں کے تلاطم سے بند ٹوٹا۔ مہینوں سے جو درد دل میں چھپا تھا، جس کے اظہار سے زبان جلتی تھی، وہ قلم نے صفحۂ کاغذ پر خونِ جگر سے لکھنا شروع کر دیا، اور ہر خط میں 'دل صد پارہ' کے لخت دکھائی دینے لگے۔

صفیہ نے بھی کئی ہفتہ خطوں کے لکھنے میں کوتاہی نہ کی۔ اور ہر خط کے جواب کا انتظار بڑے اشتیاق سے کرتی۔ لیکن یہ عجیب بات محمود کو محسوس ہوئی جب خط آتا تو اس کے چہرے سے یہ ظاہر ہوتا کہ جو بات اس نے پوچھی تھی اس کا جواب نہ ملا۔ جو چیز اُس نے مانگی تھی اُسے نہ ملی۔

ایک روز محمود سے کچھ شرمائی شرمائی کہنے لگی۔ ''مجھے معلوم ہوتا ہے۔ جیسے مَیں اپنے خیالات کا صحیح طور پر اظہار نہیں کر سکتی۔ ذرا آپ میرے خطوں کو دیکھ لیا کریں۔ ممکن ہے کہ زبان کی غلطیاں ہوں۔ آپ انھیں صحیح کر دیا کریں۔

یہ کہہ کے اُس نے کھلا ہوا لفافہ بڑھا دیا۔ محمود کے دل سے نہ ہوا کہ وہ نعیم کے ساتھ اظہارِ عشق پر مشتمل خط پڑھے۔ اس نے بات بنائی اور ہنس کر کہا۔ ''بھابھی عشق و محبت کی زبان لکھنؤ اور دِلّی کے محاوروں کی پابند نہیں۔ وہ تو صرف و نحو، علم معنی و بیان سب کے قواعد سے کہیں بلند ہے۔ آپ کے دل کی نکلی ہوئی بات بھائی صاحب نہ سمجھیں۔ ناممکن ہے بھلا اِس طرح کے خط پر بھی اصلاح دی جا سکتی ہے۔'' یہ کہہ کر ہنسا اور لفافہ کے گوند لگے ہوئے حاشیوں کو نم کر کے چپکا دیا۔ صفیہ نے ایک لمبی سانس لی اور کروٹ لے کر منہ پھیر لیا۔

اس واقعہ کے بعد سے صفیہ کی ناطاقتی اتنی بڑھ گئی کہ وہ پھر بستر سے نہ اُٹھی۔ حرارت اور کھانسی میں روز افزوں ترقی ہی ہوتی گئی۔ بالآخر نوبت یہاں تک پہنچی کہ دن اور ساعت کا انتظار ہونے لگا۔

ایک دن علی الصباح جب محمود آیا تو اس نے قریب بلایا، بڑی حسرت سے آنکھوں میں آنکھیں ڈال کر اُسے دیکھا کی۔ محمود ہنسوڑ محمود، لاکھ ضبط کرنے پر رونے لگا۔ اُس نے سر جھکانے کو اشارہ کیا۔ جب یہ بالکل منہ کے قریب کان لے گیا تو آہستہ سے بولی۔ ''روئیے نہیں، مجھے تکلیف ہوتی ہے... اگر ہنستے رہیے تو دم نکلنے میں... آسانی ہو!''

محمود نے آنکھیں پونچھ ڈالیں۔ صفیہ کا حکم تھا۔ کوئی مرچیں بھی آنکھوں میں لگا دیتا تو آنسو نہ نکلتے، خواہ مخواہ ہنسی بلائی گئی۔ لیکن وہ بھی روٹھے ہوئے بچوں کی طرح آغوش لب تک مچل مچل کر آئی، مرنے والی بھی مسکرادی، آنکھوں نے نہ معلوم کیا کیا ایک ہی نظر میں کہہ ڈالا۔ یکبارگی دیدے پھیلے اور پلکوں نے آہستہ آہستہ انھیں غلاف پوش کرنا شروع کیا۔ محمود کی ہنسی پھر بچّے کی طرح روٹھ گئی وہ گھبرا کر منہ کے قریب منہ لے جا کر دیکھنے لگا۔ لبِ لعلیں کھلے ہلکی سی آواز آئی۔ ''پیار... خط!''

پھر پھول کے سے ہاتھ پاؤں سُوکھے پان کی طرح اکڑ گئے۔ جسم میں اس طرح کی حرکت ہوئی جیسے خزاں دیدہ پتیوں میں نسیم کے جھونکے سے ہوتی ہے، ایک منٹ بعد حباب دریا سے ہم آغوش ہوگیا! گلاب کی بوند دوش ہوا پر کہیں سے کہیں جا پہنچی، اور اشہبِ زمانہ کی اڑائی ہوئی گرد کا ذرّہ خاک نشین ہوگیا۔

محمود نے جب اپنا بہت سا اساسہ رہن رکھ کر صفیہ کے کفن دفن سے فراغت پائی۔ اور بیمار صد سالہ کی طرح نیم جان گھر پلٹا تو دروازے پر ڈاکیہ ملا۔ نعیم صاحب کا خط تھا، لکھا تھا:

''پیارے محمود! صفیہ میری بیوی نہیں ہے۔ کلکتہ کی ایک یتیمہ، تعلیم یافتہ پڑھی لکھی ہے۔ اپنی زندگی سے اس قدر عاجز تھی کہ میرے ساتھ لکھنؤ چلی آنے پر راضی ہوگئی میں جن صاحب کی عیادت کو بمبئی آیا تھا۔ وہ مجھے اپنے ہمراہ عراق لیتے آئے۔ اگر ہو سکے تو تم صفیہ کے لیے کوئی بندوبست کردو۔ عورت بُری نہیں۔ نعیم۔''

محمود نے خط پڑھا۔ نعیم کو گالیاں دیں۔ اپنے کو بہت سا کوسا اور دیوانہ وار پلنگ پر جا کر گر پڑا، دری کے نیچے کاغذات کھڑکھڑائے۔ صفیہ کے بند خطوط نکالے۔ انھیں ایک ایک

کر کے گنا، تعداد میں سترہ تھے، خیال آیا، اس غریب کو دیکھو، کتنی محبت کرتی تھی۔ پھر بھی بیوفا لکھتا ہے۔ ''عورت بُری نہیں۔'' پھر آخر مجھ سے وعدہ کیوں لیا؟ پہلے ہی کیوں نہ بتادیا؟ ایسے بے وفا کے ساتھ اس طرح کی محبت؟ معلوم ہوا خط کی جگہ ہاتھوں میں چنگاریاں ہیں۔ انگلیاں جلنے لگیں۔ جھلا کر خط چاک کرنے لگے۔ پہلا ہی خط وہ تھا جسے صفیہ نے سب سے آخر میں دیا تھا اور جس کے پڑھ لینے پر مصر تھی۔ کاغذ کے دو ٹکڑے ہو کر جب زمین پر گرے تو ایک سطر پر نظر پڑی۔ لکھا تھا۔ ''مجھے نعیم سے محبت نہیں ہے۔'' حیرت کی کوئی انتہا نہ رہی۔ کانپتے ہاتھوں سے دونوں ٹکڑے اٹھا لیے۔ شروع سے آخر تک پورا خط پڑھ ڈالا۔ نعیم کی جگہ اپنی فردِ جرم نکلی۔ صفیہ نے صاف صاف اقرار کیا تھا کہ وہ نعیم سے محبت نہیں کرتی تھی، بلکہ اِس دیوانے محمود سے اور اسی کی محبت میں جان دے رہی تھی! جلدی جلدی سارے خط پڑھ ڈالے۔ سب میں اپنی دُکھ بھری داستان بیان کی تھی۔ کسمپرسی کی یتیمانہ زندگی، متمول عزیزوں کا کنیزوں سے بر تر برتاؤ، نعیم صاحب سے اتفاقیہ ملاقات اُن کی چکنی چپڑی باتیں، اُن کا دھوکا، پھر محمود سے اقرارِ محبت عورت تھی۔ سب کچھ جانتی اور سمجھتی تھی۔ یہ دوست کی پاسداری میں اس کے خطوط پڑھ لینا حرام جانتے، وہاں جواب نہ ملنے سے اضمحلال بڑھتا، حرارت بڑھتی، خوشی اس کی زندگی تھی وہ نہ ملی تو ماہی بے آب کی طرح تڑپ تڑپ کر 'خط! خط!' کہتی دنیا سے سدھاری!

محمود کی آنکھوں میں دُنیا تاریک ہوگئی۔ اس نے دیوانہ وار قمیص کا گریبان ہاتھ میں پکڑا اور اتنا سخت جھٹکا دیا کہ دامن تک چاک ہوگیا۔ پھر مینا کی طرح بے یک وقت ہنستا اور روتا گھر سے نکل گیا۔ تین دن اور رات نہ معلوم کہاں کہاں مارا مارا پھرا، چوتھے روز بڑی تلاش کے بعد صفیہ کی تازہ قبر پر بیٹھا دکھائی دیا۔ کبھی روتا تھا۔ کبھی ہنستا تھا اور آسمان کی طرف دیکھ کر مولانائے بیخود کا یہ شعر پڑھتا تھا:

امتحانِ قدرتت خواہم درایجاب و عذاب
دستِ من رنگیں زخون قلب وخونِ دلبر است

✿✿

انتقام

سکھیا چمارن نے ٹھلیا بھر کے کنویں کی 'جگت' پر رکھی اور 'بابو جی' کو بغور دیکھا۔ وہ مردانگی کے سارے جوہروں سے آراستہ تھے۔ جوان تھے، خوبصورت تھے۔ قوی ہیکل تھے۔ رُعب داب والے تھے۔ اگر باوجود ان باتوں کے وہ سکھیا سے ہنس بول لیتے تھے تو اس کے یہ معنی کیوں ہوں کہ ان کی نیت خراب تھی۔ سکھیا گاؤں کی بہو تھی۔ ابھی نئی نئی 'گونا' کرا کے آئی تھی۔ سب ہی دو گال ہنس بول لیتے تھے۔ 'بابو جی' کے دل لگی کرنے میں کون سی بُرائی تھی؟ پھر بھی اتنا فرق سکھیا ضرور محسوس کرتی تھی کہ 'بابو جی' کی نظر اس پر اس طرح کی نہ پڑتی تھی جس طرح اور مردوں کی۔ اُن کی آنکھوں میں تو لالچ دکھائی دیتا ہے۔ بالکل اس طرح کا لالچ جس طرح کہ گیدڑ کی نظر میں درخت پر پکا ہوا آم دیکھ کے جھلکتا ہے۔ وہ سکھیا سے ہنسی بھی کرتے تھے تو دوسروں کی طرح سب کے سامنے نہیں بلکہ نظر بچا کے۔ پھر دانت بھینچ کے منہ ہی منہ میں نہ معلوم کیا کیا کہہ ڈالتے تھے۔ یوں کہتے تھے کہ خود سکھیا بھی اُن کے الفاظ کو صاف صاف نہ سن سکتی تھی۔ البتہ اُن کے تیور اور اُن کے چہرے سے بہت کچھ مطلب سمجھ میں آ جاتا تھا۔

اسی لیے اس وقت شام کو جبکہ سکھیا کنویں پر بیلوں کی ناند میں پانی ڈالنے کے لیے اکیلی پانی بھرنے آئی تھی تو وہ 'بابو جی' کو اپنے قریب دیکھ کر گھبرا گئی۔ مگر اپنی صنفی فطرت سے اس نے فائدہ اُٹھا کے 'بابو جی' پر اپنا اضطراب ظاہر ہونے نہ دیا۔ اس نے اُن پر بالکل اسی طرح کی نظر غلط انداز ڈالی جس طرح وہ گاؤں کے کسی بوڑھے مرد پر ڈالتی۔ وہ خاموشی اور اطمینان سے کنویں کی 'جگت' پر چڑھ گئی۔ اُس نے ڈور میں ٹھلیا پھنسائی اور کنویں میں لٹکا دی۔

مگر 'بابو جی' کی یہ حالت تھی کہ وہ اس کی پتلی کمر اور بھرے بھرے بازو دیکھنے اور

چوڑیوں کی کھنکھناہٹ اور بازو بند کی جھنجھناہٹ سننے کے بعد اپنے ہوش ہی میں نہ تھے۔ صنفی لذات کا مجموعہ سامنے تھا۔ تصور نے اس میں نمک مرچ ملا کے عجیب طرح کی چاشنی ان کے کام و دہن میں پیدا کر دی تھی۔ وہ جیسے جیسے قریب آتے جاتے تھے ان کا چہرہ سُرخ ہوتا جاتا تھا، اُن کی کنپٹی کی رگیں پھولتی جاتی تھیں اور ان کے تنفس میں سرعت پیدا ہوتی جاتی تھی۔

جب سکھیا نے بار آور شاخ کی طرح جھک کے بھری ٹھلیا 'جگت' پر رکھی تو وہ اُس کے منہ کے قریب منہ لے جا کے بڑی لجاجت سے بولے "آخر ہم کب تک تڑپیں؟"

سکھیا نے گھبرا کے اِدھر اُدھر دیکھا۔ جھونپڑی دُور تھی۔ گاؤں کئی قدم کے فاصلے پر تھا۔ دِیا جلانے کا سمے تھا، مکان دُھندلے دُھندلے دِکھائی پڑتے تھے۔ قریب والے امرود کے باغ کے درخت ہرے کی جگہ کالے ہی بلکہ قریب قریب سیاہ نظر آتے تھے۔ چڑیاں اپنے اپنے گھونسلوں میں جا چکی تھیں۔ البتہ بڑے چمگادڑ جھنڈ کے جھنڈ اُڑتے دکھائی دیتے تھے، اور دُور سے کبھی کبھی گائے کے بچھڑے کے بولنے کی ہلکی آواز آتی تھی۔

سکھیا نے ایک ہی نظر میں موقع کی نزاکت کو سمجھ لیا۔ بابو جی بہت دِنوں سے جس موقع کی تاک میں تھے، وہ آج تاریکی اور تنہائی کے چلتے اُنھیں مل گیا تھا۔ وہ جانتی تھی کہ زمیندار کے جبر کے آگے ایک نہ چلے گی۔ وہ ٹھاکر تھے، اُن کے سامنے چمارن کی کوئی نہ سنے گا۔ اکیلی وہ ہاتھا پائی میں جیت نہ سکے گی۔ چیخنے چلاّنے میں بدنامی اور رُسوائی ضرور ہوگی۔ اسی لیے وہ بہت جلد اس نتیجے پر پہنچی کہ لڑائی سے صلح بہتر ہے۔

وہ جگت پر سیدھی کھڑی ہو کے بولی "بابو جی، آپ ٹھاکر ہیں، اور ہم پر جا۔ ایسی بُری بُری بات کاہے منہ سے نکالیے؟"

انھوں نے والہانہ انداز سے کہا: "جب سے تجھے دیکھا ہے، نہ کھانا اچھا جان پڑتا ہے نہ پانی، سچ کہوں 'جل کھاتا ہوں' تو جان پڑتا ہے نیم کا رس ہے۔ اور روٹی ایسی ہے کہ جیسے 'چام' دانت سے نوچ نوچ کھا رہا ہوں۔ اب تو میں تیرے بنا نہ جیوں گا!"

سکھیا بہت اطمینان سے وہیں 'جگت' پر کنویں میں پاؤں لٹکا کے بیٹھ گئی اور اُس کی ٹانگیں اس طرح ہل رہی تھیں جیسے اس کے دل کی حرکت میں نہ کوئی خاص سُرعت ہے اور نہ دماغ میں کسی خطرناک بات کا خیال ہے بلکہ وہ اپنی 'سکھیوں' کے ساتھ میٹھی میٹھی باتوں اور ہنسی ٹھٹھول میں مشغول ہے۔ وہ ٹھاکر صاحب سے بولی "تو بابو جی، آپ کیا چاہتے ہیں؟"

انھوں نے دانت نکال کر کہا۔ ''کچھ نہیں۔ یہ جوتن بدن میں آگ لگی ہے۔ بس اُسے بجھا دے۔''

سکھیا نے بڑی سنجیدگی سے کہا۔ ''آگ پانی ڈالنے سے بجھتی ہے، پر تیل سے بھڑکتی ہے۔ آپ جو بات کہتے ہیں وہ تیل ہے پانی نہیں ہے!''

اُنھوں نے بڑے اصرار سے کہا۔ ''نہیں نہیں بجھ جائے گی!''

اس نے کنویں میں جھانک کر دیکھا۔ پھر مُڑ کے کہا۔ ''آپ سوچیں تو۔ مَیں آپ کے چمار کی استری ہوں، آپ کی چھاتی سے لگوں، پھر اُس کی چھاتی سے لگوں، آگ لگے گی کہ بجھے گی؟''

وہ بڑی تمکنت سے بولے: ''اونہہ، اسے چھوڑ دے۔ ہم زندگی بھر نباہ دیں گے!''

اس نے بات بنائی۔ ''اچھا تو پھر سوچنے دیجیے۔ ہتھیلی پر سرسوں نہیں جمتی۔ وہ بیاہ کے لایا ہے اُس کے چھوڑنے میں کچھ سمے لگے گا۔''

ٹھاکر صاحب نے بہت جبر کیا۔ ممکن ہے کہ کچھ اور کہتے۔ مگر عین اسی موقع پر سکھیا کے شوہر 'نرپتیا' نے جھونپڑی سے آواز دی ''ارے ناند سوکھی ہے، پانی لائے گی یا کنواں پر ہی مرے گی!''

سکھیا نے جلدی سے کھڑے ہو کے کہا ''آوت ہن'' اور پھرتی سے گھڑا اُٹھا کے وہ جھونپڑی کی طرف چل دی۔''

اِس گفتگو کو دو ہفتہ ہو گیا سکھیا یہی سوچتی رہی کہ نرپتیا سے اُسے دُہرائے یا نہیں۔ جانتی تھی کہ اس کا مزاج تیکھا ہے۔ ذرا سی بات میں بگڑ اُٹھتا ہے، کہیں ایسا نہ ہو کہ بات اور بڑھ جائے، ہمت نہ پڑی۔ منہ سی کر بیٹھ رہی۔ مگر 'بابو جی' اپنی حرکتوں سے باز نہ آئے۔ اُنھوں نے اس درمیان میں 'چمر ٹولی' کے کئی پھیرے کیے۔ شام صبح کنویں پر ضرور آتے۔ اور گو سکھیاں سکھیا کے ساتھ ہوتیں۔ مگر وہ گھورنے اور ٹھنڈی آہیں بھرنے سے نہ رُکتے تھے۔ جہاندیدہ بڑی بوڑھیاں جنھیں زمینداروں سے اپنے اپنے عہد شباب میں سابقہ پڑ چکا تھا، ذاتی تجربوں کی بنا پر معاملے کو بھانپ گئیں۔ سرگوشیاں ہونے لگیں۔ شدہ شدہ نرپتیا اس کے شوہر کو بھی معلوم ہو ہی گیا۔

اس نے اس جہالت سے کام لیا جس کے مرد اکثر شکار ہوتے ہیں اور بجائے اس کے وہ بیوی کی محبت پر بھروسا کر کے ان باتوں سے اثر نہ لے، وہ سکھیا پر طرح طرح سے غصہ کرنے لگا۔ کہتا ''زمیندار کو تیری باتوں سے اُمید ہوگئی، جب ہی وہ اِس طرح منڈلاتا ہے۔'' کبھی کہتا ''اگر مَیں نے تجھے اُن سے ہنستے یا بولتے دیکھ لیا تو مار ہی ڈالوں گا، جان دے دوں گا اور جان لے لوں گا۔''

وہ پہلے تو سمجھاتی رہی، پھر اُس کے دل میں بھی کدورت بڑھنے لگی۔ اُس نے ایک دن شوہر کی باتوں سے جل کر کہا ''تم نے وہ مثل نہیں سُنی؟ عورت رہے تو آپ سے، نہیں تو جائے سگے باپ سے۔ اگر میں ایسی ہوتی تو بیٹھی نہ رہتی۔''

وہ اِس وقت تو قائل ہو کر چپ ہو رہا، لیکن شبہ دل سے نہ گیا۔ اور جاتا بھی کیسے، اس نے خود ہی بیج بوئے تھے۔ خود ہی سوچ سوچ کر اُن کی آبیاری کرتا اور خود ہی اُن کے نمو اور شادابی سے گھلتا۔ دُنیا میں اِس بے وقوف سے زیادہ احمق نہیں جو خود اپنے کو احمق بنائے!

ایک دن ٹھاکر کے یہاں کام تھا، دھان کٹ کے اور 'اُسا کے' آ گیا تھا۔ چاول کوٹنا تھے۔ گاؤں کی چمارنیں بلائی گئیں۔ سکھیا بھی گئی۔ اور سب تو اوکھلی اور موسل لے کر بیٹھ گئیں، لیکن اسے ٹھکرائن نے دالان اور کمرہ لیپنے کا کام سپرد کیا۔ یہ دروازے سے جا کر گوبر اکٹھا کر لائی اور اُسے ایک جھوے میں لیے کمرہ میں پہنچی۔ جیسے ہی اس نے جھک کر گوبر کا جھوا رکھا، ٹھاکر صاحب نے آ کر پیچھے سے گلے میں بانہیں ڈال دیں۔

ٹھکرائن بھی ٹھیک اُسی وقت آ گئیں اور بے قصور چمارن کو جرم میں شریک سمجھ کر برس پڑیں۔ ٹھاکر صاحب تو بیوی کی صورت دیکھتے ہی کچھ جھینپ کر باہر بھاگ گئے۔ لیکن سکھیا کی شامت آ گئی۔ ٹھکرائن نے ہزاروں گالیاں دے کر اُس کے بال دونوں ہاتھوں سے پکڑے اور کھینچتی ہوئی باہر لائیں۔ دوسری چمارنیں بھی آ کر جمع ہو گئیں، مالکن کا بدلا ہوا رُخ دیکھ کر سب کی سب اس کے خلاف ہو گئیں۔ کوئی کہتی ''ارے ٹھکرائن، اِی بڑی پاجن ہے۔ جس دن سے گاؤں ماں آئی ہے، بس مَردن کے پیچھے دوانی ہے۔'' کوئی کہتی ''ہا، ہا، رام رام کاہیکا کوئی ایسا کرم کرے۔ گاؤں کا ٹھاکر پر نگاہ ڈالے، پھر اُنھیں کی مہریا کے سامنے! رام، رام!'' کوئی بولی ''پوری چمرٹولی کی ناک کٹوادی۔ رہ جاؤ، چلے دو۔ ابھی پوری برادری بلا کے سب کے سامنے

ٹاٹ باہر کرا کے دم لوں گی۔"

غرض جتنے منہ اُتنی زبانیں۔ اور ٹھکرائن کی یہ حالت کہ ایک سانس میں ہزاروں گالیاں دیتیں۔ سکھیا غریب گھبرائی ہوئی ہر ایک کا منہ دیکھتی! اگر تجربہ کار ہوتی، اپنی بے قصوری پر ہزاروں قسمیں کھاتی۔ لیکن ناتجربہ کار پہلی مرتبہ اچانک ایک اجنبی مرد نے اس کو گلے سے لگایا۔ وہ اپنے احساسات و جذبات ہی کا اندازہ نہ کر سکتی تھی کہ بلائے ناگہانی کی طرح ٹھکرائن آئیں اور آتے ہی اس طرح برسیں کہ اللہ تیری پناہ۔ چمارنوں نے جن سے ہمدردی کی اُمید ہو سکتی تھی اُنھیں کی ہاں میں ہاں ملائی۔ کوئی سنے تو وہ کہے، کوئی بولنے دے تو وہ بولے۔

اِس ہنگامہ میں اس کے سوا اور کچھ اس کی سمجھ میں نہ آیا کہ وہ ٹھکرائن کی گرفت ذرا ڈھیلی ہوتے ہی بھاگ نکلے۔ چنانچہ موقع پاتے ہی سر پر پاؤں رکھ کر بھاگی۔ اور ٹھاکر کے گھر سے باہر نکل کر اس نے دَم لیا۔ پہلے تو بھاگی ہوئی چمر ٹولی کی طرف چلی۔ جب جھونپڑی کوئی پانچ سو قدم رہ گئی، دفعتاً ٹھٹک گئی۔ اب تو جھونپڑی میں جائے پناہ نہ تھی بلکہ وہاں میاں بیٹھا ہوگا۔ وہی جو عہد کر چکا تھا کہ ذرا سی بدنامی ہوئی اور جان لے گا اور جان دے گا۔ دوسرے چمارنیں بھی تھوڑی دیر میں 'پانی پینے' کی چھٹی پائیں گی اور آتے ہی برادری بھر میں یہ بات مشہور ہو جائے گی۔

گھر کی طرف سے رُخ پلٹ گیا۔ کھیتوں کی طرف چلی۔ ہانپ رہی تھی۔ خشک سسکیاں آ رہی تھیں اور آنکھوں کے نیچے بار بار اندھیرا ہو جاتا تھا۔ کچھ سمجھ میں نہ آتا تھا کہ کیا کرے۔ بس چلی جا رہی تھی کہ دفعتاً اپنے کھیت کی مینڈ دکھائی دی۔ ایسا محسوس ہوا کہ کوئی دوست مل گیا۔ بھد سے کنارے پر بیٹھ گئی۔ پہلے شغلاً حواس درست کرنے کے لیے کھیت سے مٹی اُٹھا اُٹھا کر ہاتھوں میں ملتی رہی۔ شاید اس سے بوئے محبت آئی۔ اس لیے کہ ضبط کا قلعہ آہستہ آہستہ ٹوٹا۔ آنکھوں سے آنسو جاری ہوئے۔ گھٹنوں پر سر رکھ لیا اور وہ زار و قطار رونے لگی۔

کوئی گھنٹہ بھر تک وہ اسی طرح اپنی حالت پر روتی رہی۔ پھر اُٹھی اور اُس طرف چلی جدھر اُس کا میکا تھا۔ ماں، باپ مر چکے تھے، بھائی تھا، شاید وہ آڑے وقتوں کام آئے۔

نرپتیا نے چمارنوں کی زبانی یہ واقعہ سُنا۔ خاصا بھوت اُس پر سوار ہو گیا۔ لاٹھی کاندھے پر رکھ کر وہ بیوی کو تلاش کرنے نکلا۔ پوچھتا ہوا کھیت پر آیا۔ وہاں بھی نہ ملی۔ سوچا "ہو نہ ہو وہ

میکے گئی ہو۔'' اور غصہ بڑھا۔ ''ہم کا جلیل کر کے گھر بھائی کے پاس چلی، تب تو سہی کہ راستا ہی ماں نہ روکوں۔'' ڈ لکی اس راہ پر ہولیا جو سسرال جاتی تھی۔ دو کوس جانے پر وہ جاتی ہوئی دکھائی دی۔ سر جھکائے ہوئے میانہ روی سے چلی جا رہی تھی۔ لیکن چال سے آثارِ غم نمایاں تھے۔ نر پتیا کو بھلا یہ سب کہاں سجھائی دیتا تھا، وہ غصّے سے اندھا ہو رہا تھا۔ اُس نے وہیں سے پکارا ''ٹھہر جا، کہاں جاتی ہے؟'' سکھیا کے لیے شوہر کی آواز 'سمندِ ناز کے لیے تازیانہ' بنی۔ اس نے پلٹ کر دیکھا۔ چال ڈھال، وضع قطع سے محسوس ہوتا تھا سر پر خون سوار ہے، بے تحاشا بھاگی۔ میاں بیوی میں دَوڑ ہونے لگی۔ راہ چلتے گھبرا کر رُک پڑتے۔ مگر ان دونوں کے نتھنوں سے گرم گرم بھاپ نکل رہی تھی اور دوڑ جاری تھی۔ پھر بھی کہاں تک؟ صنفِ نازک لاکھ صحیح و تندرست و توانا سہی، مگر جسمانی حیثیت سے مرد کا مقابلہ مشکل ہے۔ پھر نر پتیا بھی کوئی کمزور مرد نہ تھا۔ دیہاتی، کسان، محنت مزدوری کا عادی۔ اُس نے بیوی کو پکڑ ہی لیا، اور برابر آتے ہی اُس کا چونٹا کھینچ کے اس زور سے جھٹکا دیا کہ سکھیا 'آہ' کر کے چاروں شانے چت زمین پر گر پڑی۔ لاتوں اور گالیوں کی بارش ہونے لگی۔ سکھیا درد اور تکلیف سے چیخنے لگی۔ شور و غل سن کے دو چار آدمی جو پاس کے کھیتوں میں اپنے اپنے کام میں لگے تھے جمع ہو گئے۔ سب نے مل کے سکھیا کو چھڑایا۔ واقعہ پوچھا۔ نر پتیا غصّے سے بولا ''یہ... گاؤں کا ٹھاکر سے پھنسی ہے!'' اور پھر پل پڑا۔ لوگوں نے بیچ میں آ کے کہا۔ ''تو گھر لے جاؤ۔ وہاں مارو پیٹو۔ جو جی چاہے کرو۔ یہاں رستے میں یہ بات اچھی نہیں۔''

غرض نر پتیا اسے گرفتار کر کے لایا۔ اپنی جھونپڑی کی صورت دیکھ کے غصہ اور بھڑک اُٹھا۔ لاٹھی کے 'ہُورے' سے اُسے مار مار کے گھر کے اندر دھکیلا۔ سکھیا رو رو کے جس قدر اپنی بے قصوری کا اظہار کرتی تھی وہ اسی قدر خفا ہوتا تھا۔ اتنا ہی اسے بیوی کے جرم کا یقین آتا جاتا تھا۔ وہ بھی مار کھاتے کھاتے تھک کے خاموش ہو رہی اور دیہاتی جاہل عورتوں کی طرح اس نے اپنے دل میں کچھ ٹھان لی۔

شب میں یوں ہی منہ لپیٹے پڑی رہی۔ نر پتیا تھوڑی دیر تو بیٹھا 'نریل' پیا کیا، پھر غصہ کی آگ بجھانے تاڑی خانہ چلا گیا۔ وہاں اُس نے اتنی چڑھائی کہ مشکل سے دس گیارہ بجے گھر آ سکا۔ اور آتے ہی کھرّے پلنگ پر پڑ کے سو رہا۔ قریب ایک بجے رات کے سکھیا اُٹھی، اُس نے نر پتیا کے چہرے کو بغور دیکھا، وہ بدمست پڑا خرّاٹے لے رہا تھا۔ وہ پھر اس کونے میں گئی جہاں چولہا تھا اور برتن باسن کے ساتھ غلّہ اور دوسری چیزیں رکھی تھیں۔ اُس نے آہستہ سے

چولہا روشن کیا۔ تھوڑا سا کڑوا تیل ایک پیالے میں گرم کیا اور ہانڈی میں سے افیون نکال کر اُس میں ڈال دی۔ جب گرم تیل میں افیون خوب مل گئی تو وہ گرم ہی گرم پورا پیالہ پی گئی۔ پھر چپکی اُٹھی، کلّی کی، آگ بجھائی اور نرپتیا کے قریب آ کر لیٹ رہی!

صبح کو نرپتیا باوجود خمار کے بیوی کے کراہنے اور تڑپنے کی آواز سن کر اُٹھ بیٹھا۔ گالی دے کر پوچھا ''کیا ہے رے؟'' وہ اسی طرح کراہتی اور تڑپتی رہی۔ وہ جھلا کر اُٹھا۔ زور زور سے جھنجھوڑ کر پوچھا ''کیا ہے رے؟'' وہاں ہوش وحواس درست ہوتے تو جواب ملتا۔ اس کا غصّہ اور بڑھا۔ سارے قصور ایک ایک کر کے یاد آتے گئے۔ سمجھا بنتی ہے۔ دو طمانچے کس کس کے سکھیا کے منہ پر رسید کیے۔ اُنگلیوں کے گال پر نشان اُبھر آئے، مگر نہ وہ سر سے کھیلی اور نہ منہ سے بولی۔ اب تو اس کے دل میں ڈر پیدا ہوا کہ یہ کیا معاملہ ہے۔ جلدی سے دیا سلائی ٹٹول کر اُٹھائی اور مٹّی کا دِیا جلایا۔ بیوی کا چہرہ دیکھتے ہی کانپنے لگا۔ 'کافر جوانی' کے جوش کی جگہ موت کے علامات تھے۔ آنکھوں کے گرد سیاہ حلقہ، چہرہ مٹّی کے رنگ کا، باچھوں میں خون بھرا ہوا اور حلق سے کھر کھراہٹ کی آواز، جلدی سے دِیا سلائی ہاتھ سے رکھی، لوٹے میں جل لایا اور چلّو میں لے کر منہ پر چھڑکا، جھنجھوڑا، پکارا، جب سوائے کراہ کے کوئی جواب نہ ملا تو یقین آ گیا کہ اس نے کچھ کھالیا۔ جھونپڑی سے دیوانہ وار نکلا، عزیزوں کو وہیں سے کھڑے ہو کر آوازیں دیں۔ سب جلدی جلدی وہاں آئے، اور ان میں سے ایک جہاندیدہ نے گھر کا جائزہ لے کر بتایا کہ افیون کا اثر ہے اور جان بچنا مشکل۔

نرپتیا کے دل سے سارے شبہات بیوی کو مرتا دیکھ کر جاتے رہے۔ اِسے سکھیا کی عصمت مآبی کا یقین آ گیا۔ ساتھ ہی زمیندار کی طرف سے نفرت وغصّہ بھی بڑھا۔ لوگوں نے کہا ''جاؤ زمیندار سے کہو، وہ چوکیدار کو ساتھ کر دیں گے، اسپتال لے جاؤ۔ شاید بچ جائے۔'' نرپتیا کا منہ زمیندار کا نام سنتے ہی سُرخ ہو گیا۔ چیخ کر بولا۔ ''اُسی کا تو یہ کرتوت ہے! اسی نے ہماری مہریا کی جان لی ہے!'' نوجوان چماروں نے ہاں میں ہاں ملائی۔ ''چلو ابھی مار کے گرا دیں، ابھی اُس کو بھی پھونک دیں'' کی آوازیں بلند ہونے لگیں، مگر دو چار بوڑھے بھی ان میں تھے، اُنھوں نے ان لوگوں کو ڈانٹ ڈپٹ کے چپ کیا۔ ''زمیندار کو ماریں گے! بڑا گھمنڈ ہو گیا ہے، مٹّی ایسی بات کا ہے کہے کہ جو نہ کر سکے!'' اور سب تو چپ ہو رہے، مگر نرپتیا گڑانسی اُٹھا لایا۔ اس پر خاصا بھوت سوار تھا۔ بولا، ''اچھا، اچھا تم سب لوگ یہیں بیٹھے رہو، ہم اُس سسرے کو مار آتے

ہیں!'' دو تین چمار لپٹ گئے اور اُس سے گڑانسی چھین لی۔

اتنے میں سکھیا تڑپ کے اُٹھی۔ دوسری چمارنوں نے جلدی سے اُسے سنبھالا، مگر وہ ایک طرف جھک گئی۔ اور اُس نے تڑپ تڑپ کے اور چیخ چیخ کے خون کی قے کی۔ پھر قبل اس کے کہ چمارنیں اس کا منہ دُھلا سکیں اس کا سر ڈھل گیا، اور اس کے ہاتھ پاؤں اینٹھ کے رہ گئے۔

نرپتیا جب مرگھٹ سے واپس آیا تو وہ سیدھا نائی کے گھر گیا۔ اس نے سر، داڑھی اور مونچھیں منڈوا ڈالیں۔ پھر گاؤں کے بزاز کے یہاں گیا۔ اُس سے اُس نے دو گز مارکین لی، پھر کمہار کے یہاں گیا۔ وہاں سے اُس نے مٹی کی ایک ہانڈی خریدی، پھر گھر آیا۔ وہاں سے اُس نے تھوڑا سا نیا سَن لیا اور ایک ٹین کا کنستر۔ اور یہ سب چیزیں لے کے وہ تالاب گیا۔ وہاں اُس نے اشنان کیا۔ دو گز مارکین تہمد کی طرح باندھی، پھر سَن پانی میں بھگو بھگو کے اُس کی رسّی بٹی۔ ایک سرا اُس کا مٹی کی ہانڈی میں باندھا، دوسرا ہاتھ میں لیا۔ اس ہانڈی کو پھر اسی طرح لٹکا کے تالاب سے پانی بھرا اور جو سرا ہاتھ میں تھا اپنی گردن میں باندھ لیا۔ اب وہاں سے کنستر پیٹتا ہوا چیختا چلا۔

''دُہائی کالی مائی کی، دُہائی گنگا مائی کی! ہم جمیندار پر بھوت بلائب (بلائیں گے) ہم جمیندار پر مسان ہنکائب (ہنکائیں گے) ہم جمیندار پر بھوت بلائب۔ گاؤں کا عورت مرد، بوڑھا بالک سب لوگ سن لیں، ہمار سامنا سے سب ہٹ جائے۔ ہم جمیندار پر بھوت ہنکائب، ہم جمیندار پر بھوت بلائب!''

گاؤں میں جو بھی اس کی یہ آواز سن لیتا اس کے راستے سے ہٹ جاتا۔ لڑکے ڈر کے گوشوں میں چھپ جاتے۔ عورتیں گھروں میں پلٹ جاتیں اور بڑے بوڑھے ایک دوسرے کو دیکھ کے سر ہلانے لگتے تھے۔ وہ اسی طرح کنستر پیٹتا اور چیختا ہوا زمیندار کے گھر کے چاروں طرف پھرا، پھر اُن کے مکان کے سامنے جو پکڑیا کا درخت تھا اس پر اس نے ہانڈی کو لے جا کے لٹکا دیا، اور خود اپنی گردن میں اسی رسّی کا ایک سرا باندھ کے زمین پر بیٹھ گیا۔ ہر پانچ منٹ کے بعد کنستر پیٹتا اور یہی چیختا تھا۔ ''دُہائی پنچوں کی! دُہائی ہمارے بھائیوں کی! دُہائی ہندو مسلمانوں کی! جمیندار ہمار استری کی اِجت بگاڑس ہے (زمیندار نے میری بیوی کی عزّت لی ہے) جمیندار ہماری مہریا کی جان لی دس ہے! ہم جمیندار پر بھوت بلائب۔ ہم اُہ پر مسان ہنکائب! کوئی ہم کا نہ روکے! جِہ کا پوت پیارا ہو، ہم سا دُور رہے۔ جِہ کا آپن پران نہ دینا ہو

ہمارے پاس نہ آوے! ڈہائی کالی مائی کی! مسان بھیجو۔ ابھن جمیندار کا سر اپر بھیجو۔ ابھی بابو پر بھیجو۔ ابھی ٹھاکر پر بھیجو۔ ہے رام! ہے پچھمن! ہے بھگوان! توں ہی بھیجو۔ ابھن بھیجو! آج بھیجو! ڈہائی کالی مائی کی! ڈہائی کالی مائی کی! توں ہی بھیجو۔ ابہی گھڑی بھیجو!''

ٹھاکر صاحب، بیوی کے کمرے میں اچانک آ جانے کی وجہ سے گھر سے سراسیمہ ہو کے بھاگے تھے۔ چوری کرتے دیکھ لیے گئے تھے۔ اپنے کیے پر خجل و منفعل تو تھے ہی سکھیا کے پیٹے جانے کی خبر نے شرمندگی میں اور زیادتی کر دی تھی۔ شب کو بیوی کے پاس جب اندر گئے تو دل میں بے حد سہمے ہوئے تھے۔ رات بڑی بے چینی اور بدمزگی سے کٹی۔ صبح ہوتے ہی سکھیا کی خود کشی کی خبر ملی۔ ہاتھ پاؤں پھول گئے۔ مگر گاؤں کے مکھیا بھی تھے۔ چوکیدار کو بلا کے اُس کے ہاتھ گرمائے اور اُسے سمجھا دیا کہ بات تھانے اور کچہری تک نہ پہنچنے پائے۔ اُس نے چماروں کو ڈرا دھمکا کے ٹھاکر صاحب کے پاس آنے سے روکا اور لاش مرگھٹ پہنچوا دی۔

ٹھاکر صاحب نے ذرا اطمینان کی سانس لی ہی تھی کہ شام کو نرپتیا نے یہ روپ بھرا۔ اب تو ایسا معلوم ہوا کہ جیسے سارے جسم کی جان ہی نکل گئی۔ بڑے بوڑھوں سے چماروں کے بھوت بلانے کا حال سن چکے تھے۔ یقین ہو گیا کہ اب خیریت نہیں ہے۔ گھبرائے ہوئے ٹھکرائن کے پاس پہنچے۔ وہ مہری کے ذریعے پہلے ہی سب کچھ سن چکی تھیں اور شوہر پر غصہ کرنا بھول کے اُن کی جان کے ڈر سے بیٹھی کانپ رہی تھیں۔ ان کو جو دیکھا تو پھوٹ پھوٹ کے رونے لگیں۔ یہ انھیں سمجھا بجھا کے گھبرائے ہوئے باہر آئے۔ وہاں نوکر چاکر سب موجود تھے، مگر سب توہم پرست دیہاتی تھے۔ کسی نے آج تک یہ نہیں دیکھا کہ چمار کا مسان بلایا ہوا کبھی پٹ پڑا ہو۔ کسی کے کوئی بات سمجھ میں نہ آتی۔ اُنھوں نے جو ہر ایک کو حسرت سے دیکھنا شروع کیا تو ایک نے آگے بڑھ کر کہا ''بابو جی کہیے تو پنڈت جی کو بلا لائیں۔'' ایسا معلوم ہوا کہ جیسے سوکھے دھانوں پانی پڑا۔ جلدی سے بولے ''ہاں ہاں اُنھیں کو بلا لاؤ۔''

پنڈت جی آئے۔ وہ بھی ساری روداد سے واقف تھے۔ مگر خود بھی جاہل ہونے کی وجہ سے اِنہی توہمات میں گرفتار تھے۔ پھر بھی پشتہا پشت سے گاؤں کے پروہت تھے۔ اپنی معذوری کا اقرار کر کے ساکھ کیسے کھوتے۔ راستے بھر سوچتے آئے تھے کہ کون سی شرط ایسی لگائی جائے کہ بات نہ جانے پائے، چاہے اور کچھ ہو یا نہ ہو۔

براجمان ہونے پر بڑی دیر تک پوتھی بچارتے رہے۔ پھر بولے ''ہاں بس اس کی ایک

روک ہے، آج آدھی رات تک ایک ایسا بکرا کالی مائی کو چڑھایا جائے جو منگل کے دن پیدا ہوا ہو، سال بھر کا ہو، سارے جسم سے کالا ہو، پیشانی پر اس کے چندرماں سی سپیدی ہو۔"

ٹھاکر صاحب نے گھبرا کر ملازموں کی طرف دیکھا۔ ہر ایک نے کہا۔ "گاؤں میں ایسا بکرا تو کہیں نہیں ہے!"

پنڈت جی نے ذرا ڈانٹ کر کہا۔ "تو ڈھونڈھ کے دوسرے گاؤں سے لے آؤ!"

ٹھاکر صاحب نے کہا: "ہاں ہاں! گڈریوں سے کہو، جہاں سے ہو ایسا بکرا ڈھونڈ لاؤ۔"

ٹھاکر صاحب نے اِس شب میں بھوجن نہیں کیا۔ ٹھکرائن بھی یونہی بھوکی رہیں۔ رات کی سیاہی جیسے جیسے پھیلتی جاتی تھی ٹھاکر صاحب کا خوف بڑھتا جاتا تھا۔ گھر کے گوشہ گوشہ سے سکھیا کی بھیانک صورتیں دکھائی دینے لگیں۔ بیوی سے ڈر کا حال کہتے شرم معلوم ہوتی تھی، مگر جان پر بنی تھی، پھر اس پر ہر پانچ منٹ کے بعد اس دُہائی کی آواز سنائی دیتی۔ ہر بار یہی معلوم ہوتا کہ موت آیا ہی چاہتی ہے۔ اسی اضطراب میں ٹھکرائن کی نظر بچا کے اُٹھے۔ طاق پر 'گئو ماتا' کی مورتی رکھی تھی، اُسے اُٹھا لائے۔ چادر سر سے پاؤں تک اوڑھ لیا۔ ماتا سے خوب گڑگڑا کے دعائیں مانگیں، توبہ کی، روئے، پناہ مانگی۔ تھوڑی بہت تسکین سی محسوس کی، اور سو گئے۔ بارہ بجے کے قریب آنکھ کھلی، گھر بھر میں اندھیرا تھا، صرف ایک گوشے میں لالٹین حد درجہ دھیمی کر کے رکھی تھی۔ پاس ہی پلنگ پر بیوی سوئی تھیں۔ ان کا خوف سے بند بند کانپ رہا تھا۔ جی چاہتا تھا انھیں جگا دیں۔ مگر شرم سے ہاتھ نہ اُٹھتا تھا کہ دفعتاً کان میں نرچیا کی آواز آئی "دُہائی کالی مائی کی! دُہائی کالی مائی کی! جلد مسان بھیج، جلد بھوت بھیج! ابھی جمیندار پر! ابھی جمیندار کا اوپر!"

انھیں ایسا محسوس ہوا کہ جیسے کوئی ان کے گلے میں پھندا ڈال کے کھینچ رہا ہے۔ اپنی قوتِ آزادی سے کام لے کر اِس سے بہت لڑے۔ مگر جیسے دل کہتا "سب بیکار ہے، اُٹھ چل!" آخر اسی طرح کانپتے ہوئے اُٹھے۔ ایک دُھندلا سا سایہ آگے آگے چلتا ہوا دکھائی دیا۔ ایسا محسوس ہوتا "سکھیا چلی جا رہی ہے۔" ٹھاکر کو اب کوئی بات محسوس نہ ہوئی۔ اب دماغ کی ساری قوتیں اسی دُھندلے مجسمہ پر جمی ہوئی تھیں۔ دل کہتا اسی کے پیچھے چلو۔ اسی کے ساتھ ہو لو۔ خود ہی اُنھوں نے کنڈی کھولی، زنانہ خانے سے مردانے مکان میں پہنچے۔ ان کو اس کا احساس نہ تھا کہ یہ کہاں ہیں، اور کس کے مکان میں ہیں۔ یہ تھے اور بس وہ دُھندلی تصویر۔ وہ اپنے مکان کے مردانے حصّے سے نکل کے سیدھے پکڑیا کے درخت کی طرف چلے، جہاں نرچیا

گردن میں رسّی باندھے دُہائی دے رہا تھا۔ سایہ اُسی جانب جارہا تھا، ان کا دم اسی کے ساتھ تھا۔ یہ بھی ادھر ہی جارہے تھے۔ ان کا ہاتھ کسی نے پیچھے سے پکڑ کے انھیں روکنا چاہا۔ اُنھوں نے ہاتھ جھٹک دیا۔ یہ مدہوش تھے۔ ان سے سوچنے، سمجھنے اور سننے کی ساری قوتیں سلب تھیں۔ بس انھیں اگر کوئی چیز سجھائی دیتی تھی تو وہی سایہ، اور کوئی آواز سنائی دیتی تھی تو وہی نرپتیا کی آواز!

پکڑیا کا درخت قریب ہوا، اور قریب ہوا۔ نرپتیا دُہائی دیتا ہوا کھڑا ہو گیا۔ اس نے ان کو دیکھ لیا۔ اس نے ہانڈی جلدی جلدی درخت سے کھول لی۔ اِس نے رسّی اپنی گردن سے کھولی۔ اِس نے اس کا ایک بڑا پھندا بنایا۔ اُس نے وہ پھندا اُن کی گردن کی جانب پھینکا۔ اُنھوں نے تاریکی اور بدحواسی میں درخت کی اُبھری ہوئی جڑ سے ٹھوکر کھائی اور قبل اس کے کہ پھندا ان کی گردن میں پڑے یہ منہ کے بل گر پڑے!

ٹھکرائن اپنے ڈر کو دل میں چھپائے شوہر کی حالت کو بغور دیکھ رہی تھی۔ وہ عورت تھی۔ اُس کا دل نازک تھا۔ وہ اُن کے افعال و حرکات سے خوش نہ تھی۔ مگر ہندو عورت شوہر کو دیوتا کی طرح پوجتی ہے۔ وہ بُرا سہی یا بھلا اُس کا ہی تھا۔ اُس کا سہاگ اسی سے ہے۔ اس کی مسّی، اس کی چوڑی، اس کی نتھ اس کے سر کا سیندور، سب کچھ اسی ایک دم کے ساتھ ہے۔ وہ جان پر کھیلنے کے لیے تیار تھی۔ وہ اس کے لیے آمادہ تھی کہ نرپتیا کی کالی مائی پر اگر کوئی بھینٹ چڑھے تو وہ اُس کی ذات ہو، نہ کہ اُس کے سرتاج کی۔

وہ سارے دن دیوی جی سے یہی دُعا کرتی رہی۔ رات کو جب یہ منہ لپیٹ کے سو رہے تو وہ بڑی دیر تک اُن کو محبت اور پریم سے دیکھا کی پھر اُن کے سینے سے 'گئوماتا' کی مورتی لپٹی دیکھ کے اور اُنھیں آرام کی نیند سوئے پا کے اُس کی بھی آنکھ لگ گئی۔ مگر جب یہ پلنگ سے اُٹھے اور بُت کی طرح خاموش کنڈی کھول کے باہر جانے لگے تو وہ جلدی سے پلنگ سے اُٹھی اور ننگے پاؤں ان کے پیچھے پیچھے لپکی۔ اس نے کوئی سایہ اور تصویر نہ دیکھی۔ صرف اُن کی بدحواسی اور اُن کی مدہوشی محسوس کی۔ اس نے جلدی جلدی اور قدم بڑھائے اور پکڑیا تک پہنچنے سے پہلے اس نے ٹھاکر کا ہاتھ پکڑ کے روکنا چاہا۔ مگر وہ اُس کو دھکیل کے آگے بڑھ گئے۔ وہ صرف ایک لمحہ جھجکی، اور پھر اُن کے ساتھ ہو لی۔ اور اُن کے گرتے ہی جیسے نرپتیا نے رسّی ہاتھ سے پھینک کے یہ چاہا کہ وہ پانی کی ہانڈی اُن کے سر پر دے مارے، اُس نے بڑھ کر اِس چمار کا ہاتھ پکڑ لیا۔ چمار لاکھ آپے سے باہر ہوا! مگر وہ عورت کو دیکھ کے ٹھہر گیا۔ اُس نے جھلاّ کے پوچھا

''کون ہے رے؟''

ٹھکرائن نے کہا: ''بھیا میں ہوں ٹھکرائن۔''

نرپتیا گھبرا کے پیچھے ہٹ گیا۔ صدیوں سے محکوم رہنے والا خون ٹھکرائن کا نام سنتے ہی سرد پڑ گیا۔ بولا ''ای ہماری مہریا کا بے اجت کہن، اِی اُہکا مار ڈالن!''

ٹھکرائن نے اُس کا ہاتھ تو چھوڑ دیا، مگر اپنے دونوں ہاتھ جوڑ کے بولی ''بھیا تمھاری بیوی کو مَیں نے مارا، اُنھوں نے مارا اور تم نے بھی مارا۔ یہی قصور وار کیوں ہیں؟''

نرپتیا کا غصہ اس سُریلی آواز کے اثر سے اسی طرح اُترنے لگا جس طرح کالے کا غصہ سپیرے کی بین کی آواز سُن کے۔ اُس نے دھیمی آواز سے کہا: ''نا ہیں، اِ ہی مارن۔ ایہے اُہ کا تنگ کیہن۔ ایہے اُہکا پیچھے پیچھے چمرٹولی، کھیت، کھلیان، ہر جاگہ گھومت رہن!''

ٹھکرائن نے کہا: ''نہیں نہیں۔ اُنھوں نے صرف بُری نیت سے دیکھا مگر مَیں نے اس کو بُرا سمجھ کے اُسے جھونٹا پکڑ کے گھر سے باہر نکالا، اور تم نے اسے ڈنڈوں سے مار مار کے یہ یقین دلا دیا کہ تم اسے بے عصمت سمجھتے ہو۔ مَیں نے بھی اس کی جان لی اور تم نے بھی۔''

نرپتیا اس نئی منطق پر گھبرا گیا۔ اُس نے شب سے کچھ نہ کھایا تھا۔ چوبیس گھنٹے کے فاقے نے اسے حد درجہ کمزور کر دیا تھا۔ محض بدلہ لینے کی خواہش اب تک اسے دُہائی دینے اور مسان ہنکانے پر آمادہ کیے ہوئے تھی۔ اس طرح اپنے خیالات پریشان ہوتے دیکھ کر وہ اپنے میں عجیب طرح کی کمزوری محسوس کرنے لگا اور وہ زمین پر ہانڈی رکھ کے تھرّا کے بیٹھ گیا۔

ٹھکرائن نے اس چمار کے سامنے ہاتھ جوڑ کے کہا۔ ''بھیا اب اس کی جان گئی۔ ان کی جان نہ لو۔ بھوت نہ ہنکاؤ۔ میں تمھاری ٹھکرائن ہوں، مجھے ان کی جان بھیک دے دو!''

نرپتیا نے کانپ کر دونوں ہاتھوں سے منہ چھپا لیا۔ ٹھکرائن نے اُس کے پاس رکھی ہوئی ہانڈی کو اُٹھا لیا اور شوہر کے منہ پر پانی کے چھینٹے دینے شروع کیے۔ نرپتیا لڑکھڑاتا اُٹھا اور وہ ٹھاکر کے مکان کے دروازے پر آ کر اُن کے نوکروں کے نام لے لے کے پکارنے لگا! ٹھکرائن کے میٹھے بول نے جلاد کو مسیحا بنا دیا تھا، اس کے پاس ان منتروں کا توڑ نہ تھا!

یہ نیا انتقام تھا!

✿✿

۱۹۴۵ء کی ایک شام

لکھنؤ اور گرمیوں کا زمانہ، دن میں لاکھ خس خانہ و برف آب مہیا ہو، مگر ہوا پر کس کا قابو چلتا ہے۔ اگر پنکھا روکیے تو اُمس کے مارے دم گھٹتا ہے۔ اگر پنکھا چلایئے تو اچھی خاصی لُوں کا سامان ہو جاتا ہے۔ پھر خس کا بار بار بھگوانا بھی تو ایک دردِ سر ہے۔ نوکروں کو بھی تو اسی طرح گرمی لگتی ہے جس طرح مالکوں کو۔ کہاں تک سرمایہ داروں کی طرح دل سخت کر کے کوئی حکم دیتا رہے۔ دو چار حرف پڑھ لینے کی وجہ سے عام انسانی حقوق تو سمجھ میں آنے ہی لگے ہیں۔ انسانی زندگی اسی حد تک خریدی جا سکتی ہے، جہاں تک بیچنے والوں کو اس کی فروخت کا حق ہو۔ مگر گرمیوں کی لُوں دھوپ میں خس خانے بھگوتے رہنے کی خدمت کسی داموں بھی نہیں خریدی جا سکتی۔ چنانچہ ضمیر کے ہاتھوں خوب کباب سیخ بنا، کروٹوں پر کروٹیں لیں۔ کبھی پنکھا چلایا، کبھی بند کر دیا۔ مسہری پر لیٹنے کی کوشش کی۔ معلوم ہوا جیسے کسی نے اس کے نیچے کوئلے دہکا رکھے ہیں۔ زمین پر فرش بچھا کر لیٹا، معلوم ہوا گرم پتھر پر پڑا ہوں۔ غرض دن بھر عاشقِ مہجور کی طرح التہاب سے تڑپا۔ شام ہوئی، دم میں دم آیا۔ جسم کو پائپ کے پانی میں جوش دیا۔ جلدی جلدی سر میں 'یوڈی کلون' اور کپڑوں میں عطر خس لگایا۔ خیال آیا، چلو امین آباد سیر کر آئیں۔ راستے میں ایک دوست ملے۔ بڑے بڑے بال، کھدر کی ٹوپی، کھدر کا کرتہ پائجامہ، پاؤں میں چپل، ان کے ڈیل بھر میں تین چار چیزیں خاص طور سے نمایاں تھیں۔ ایک تو ان کی آنکھوں کے گرد سیاہ حلقے، دوسرے ان کے جبڑے کی اُبھری ہوئی ہڈیاں اور سُنا ہوا چہرہ، تیسرے ان کی کلمہ اور بیچ کی لمبی انگلیوں کے درمیان سیاہ اور زرد نشان اور چوتھے ان کی انگلیوں کے لمبے لمبے ناخن۔ بات بہت جلد کرتے تھے اور اکثر ایسا ہوتا کہ ان کے دہن کا لعاب اُڑ کر آپ کے چہرے اور کپڑوں پر گل بوٹے بنانے لگتا۔ ساری دُنیا کی ہر چیز سے خفا رہتے تھے۔ بس محبت تھی

تو روس سے۔ اس چہیتے ملک کا کسی نہج سے ذکر آ گیا، اور مجید صاحب نے گلاب پاشی شروع کر دی۔

آج میری طرح گرمی کے وہ بھی ستائے ہوئے تھے۔ علیک سلیک میں کچھ گرم جوشی نہ تھی۔

مَیں نے چھیڑا۔ ''کیوں مجید صاحب آپ کے ملک میں اتنا تابناک موسم بھی ہے؟''

وہ میرے جملے پر ایک مریض کی طرح مسکرائے اور خاموش رہے۔ مَیں نے پہلے وار کو اس طرح خالی جاتے دیکھ کر دوسرا فقرہ سوچنا شروع کیا۔ وہ بولے۔ ''امین آباد چل رہے ہیں؟'' مَیں نے اُن کو چھیڑنے کی جگہ سیدھا سا جواب دیا۔ ''جی ہاں!''

کہنے لگے۔ ''ہاں، اب تو شامِ اودھ چوک کی جگہ اُدھر ہی ہے۔''

مجھ سے ضبط نہ ہو سکا۔ ''جی ہاں، یہ بھی ایک طرح کا انقلاب ہے!''

اُنھوں نے منہ سکھا کر کہا۔ ''جی، اسے انقلاب نہیں ارتقا کہتے ہیں۔ انقلاب تو جب ہندوستان میں آئے گا تو آپ کی آنکھیں کھلی کی کھلی رہ جائیں گی۔''

مَیں نے بھیگی بلّی بن کر پوچھا۔ ''جی یہ موسم بھی منقلب ہو گا یا نہیں؟''

میرے دوست کے سوکھے چہرے پر ایک ہلکی سی سُرخی جھلکی، گویا ٹھنڈا توا لہک اُٹھا۔ ممکن تھا کہ بات بڑھتی اور مجھے اپنے تمسخر کی عقوبت میں ایک پورا لکچر سننا پڑتا کہ دفعتاً جگت ٹاکیز سے ریکارڈ نے چیخنا شروع کیا۔ ''چل چل رے نوجوان! چل چل رے نوجوان'' مجید صاحب لمبے لمبے قدم رکھ کر تیزی سے چلنے لگے۔ مَیں نے پھر چھیڑا۔ ''آپ تو اس طرح جھپٹے جیسے اس پکار پر لبیک کہنے جا رہے ہیں۔''

وہ رُک کر بولے۔ ''نہیں بھئی، میں آپ سے گفتگو میں بھول گیا کہ مجھ سے آج ایک لیڈی کامریڈ سے سینما چلنے کا پروگرام ہے۔''

مَیں نے کہا۔ ''تو بسم اللہ، میری وجہ سے انھیں انتظار کی تکلیف کیوں دیجیے۔''

اُنھوں نے کہا۔ ''عنایت'' اور تیر کی طرح بھاگے...

مَیں خراماں خراماں وہاں آیا، جہاں آزاد پارک میں نام نہادی فوارہ ہے۔ یونیورسٹی کے کچھ نوجوان دکھائی دے۔ اوپن نک بنیائن اور پتلون پہنے۔ صورت شکل سے خاصے شریف معلوم ہوتے تھے، لیکن گفتگو میں ہر تیسرے لفظ کے بعد گالی تھی۔

ایک صاحب دوسرے کو سینما کی طرف کھینچتے ہوئے بولے۔ ''ابے چل... بڑا آیا وہاں

سے انگریزی فلم کا عاشق! (بہن کی موٹی سی گالی!'')

دوسرے صاحب نے گلریزی کی۔ ''ارے تو اتنی جلدی ہی کیا ہے... اٹھارہویں دفعہ تو... اس فلم میں جارہے ہو۔''

پہلے تو جوان نے والہانہ انداز سے فرمایا۔ ''تو بھئی مَیں کیا کروں، اس نے فلم ہی ایسی تیار کردی ہے۔ بس قوالی والا حصّہ ہے کہ کٹاریاں چلتی ہیں کٹاریاں!''

چوتھا جو اَب تک چپ تھا سینہ پر ہاتھ رکھ کر بولا۔ ''ہائے رے لکھنؤ، بس اسی پر تو جان جاتی ہے، کٹاریاں، چھریاں!''

پاس ہی سے ککڑی والے نے آواز دی۔ ''لیلا کی اُنگلیاں ہیں، مجنوں کی پسلیاں ہیں، کیا خوب ککڑیاں ہیں۔''

مَیں مسکرا کر اُدھر مڑ پڑا جدھر قومی جھنڈا گڑا ہے۔ پختہ پلیٹ فارم پر ایک نیتا کھڑے تقریر کررہے تھے۔ جو کچھ وہ کہہ رہے تھے، اس میں کوئی نئی بات نہ تھی۔ نہ تو لب ولہجہ لکھنوی تھا، اور نہ زبان ہی وہ جو وہاں کی خصوصیت ہے۔ مَیں آگے بڑھ گیا۔

''نخاس ایک سواری! نخاس ایک سواری! آیئے نواب صاحب اِدھر آیئے۔ پَر پہ بٹھالوں، اے ہے میاں آپ بھی کس اِکّے پر بیٹھے جاتے ہیں۔ آیئے حضور آیئے۔ ابھی منٹوں میں نخاس پہنچاتا ہوں، اے سرکار سب تین آنے دیتے ہیں، آپ ڈھائی آنے ہی دیجیے گا۔ بس خوش؟''

مَیں اور بھی آگے بڑھ گیا۔ چوراہے پر وہ بھیڑ تھی کہ توبہ ہی بھلی۔ داہنی طرف پان والے، بائیں جانب شربت والا۔ پھر اس پر ہار پھول بیچنے والوں کی صدائیں، تانگے، رکشا والوں کا شور... ''جوہی کے ہار، موتیا کے گجرے... ایک آنہ پوا، ایک ہی آنہ، کیا لیچیاں ہیں، مظفر پور کی لیچیاں ہیں... ناسپاتی خربوزے، خاص منڈیاؤں کے، تین آنے سیر... پنکھے لے لو، چار چار آنے... بہت سستے لگادیے ہیں بھئی سنترے، روپے کے تین تین، بٹول کے سنترے، شکّر کے سنترے... حلوا سوہن ہیں میاں، حلوا سوہن، اللہ جانتا ہے عبداللہ کی مٹھائیاں بھول جائیں گی۔''

سیٹی والے، غبارے والے، گڑبڑجھالے والے، سب ہی تو آوازیں لگارہے تھے، جھٹ پٹا وقت تھا۔ مَیں جلدی سے پاکستانی پارک میں ہولیتا۔ امین آباد کے مسلمان تاجر مصلّی

بچھا رہے تھے، وضو بنا رہے تھے، صفیں قائم کر رہے تھے۔ آپس میں چہ میگوئیاں بھی تھیں۔

"دیکھنا اب کے ۲؍جون کو وائسرائے واپس آتے ہی پاکستان کا اعلان نہ کر دیں تو تم کہنا۔"

"یہ تو میں بھی مانتا ہوں، لیکن اگر انہوں نے بنگال اور پنجاب کی تقسیم بھی منظور کر لی تو پھر کیا ہوگا؟"

"منظور کیا کر لیں گے، کوئی مذاق ہے۔"

"لیکن بھئی ایمان کی کہو، اصول تو وہی ہیں، جن پر تُم پاکستان مانگتے ہو۔"

قریب سے ایک پانی پانڈے لوہے کی بالٹی کا کڑا کھٹکھٹاتے گزرے۔ "ٹھنڈا جل! میٹھا جل!" میں مڑ پڑا۔ گھنٹہ گھر کے گرد بنچوں پر لوگ بیٹھے تھے۔ کوئی کھدر، کوئی اَدھی کا کُرتا پہنے، کوئی شیروانی ٹوپی میں، کوئی سُوٹ ڈانٹے، مگر چہرے پر راشن اور کنٹرول کا اثر اور ہر ایک کی زبان پر اسی کی گفتگو۔ ان لوگوں کے گرد تیل مالش والے مکھیوں کی طرح بھنبھنا رہے تھے۔ ہاتھ میں تیل کی شیشیاں لٹکائے، بڑے بڑے بالوں میں کنگا پھنسائے، میلا سا تولیہ کندھے پر ڈالے، ہر منٹ پر 'تیل مالش' کا وہ نعرہ لگاتے کہ کان کے پردے پھٹ جانے کا ڈر پیدا ہو جاتا۔ مَیں نے چاہا کہ کسی بنچ پر بیٹھوں، مگر ان منڈلاتے گدھوں کی چیخ نے قدم اُکھاڑ دیے۔ سب سے الگ تھلگ جا کر ایک جگہ سبزہ پر بیٹھ رہا۔ دن کی گرمی نے حد درجہ حسّاس بنا دیا تھا۔ کسی سے باتیں کرنے کو جی نہ چاہتا تھا۔ امین آباد کی چہل پہل میں کوئی مزہ نہیں آتا تھا۔ پھر رہ رہ کر دل میں خیال آتا ہندوستان کا کیا حشر ہونے والا ہے؟ خود اپنا کیا حشر ہونے والا ہے؟ آخر بھائی بھائی ایک دوسرے سے کیوں لڑتے ہیں؟ اتنی دشمنی کہ خون کے پیاسے ہیں۔ اقبالؔ کہتے ہیں:

"مذہب نہیں سکھاتا آپس میں بیر رکھنا"

یہاں بیر رکھنا ہی مذہب ہے۔ ہم آخر کیوں کر دوسرے مہذب ملکوں کے مقابلے میں آسکیں گے۔

"آج کل بارہ روپے ہفتے میں کیا کام چلتا ہے۔ کوٹھری کا کرایہ دو، مہریا، بوڑھی ماں، تین بچّے، سب ملا کر چھ آدمی کا پیٹ پالو... مُسکل سے بھیّا ایک وخت روٹی ملتی ہے۔"... مزدوروں کا ایک گروہ قریب ہی آ کر بیٹھ گیا۔

دوسرے نے کہا۔ "پھر بیماری آ جا رہی ہے۔ اس پر میٹ.... ہر سٹّے گھوس مانگتا ہے۔"

تیسرا بولا۔ "اور ان کارخانوں میں کام کرنے میں جو بڑی کھرابی ہے، وہ یہ کہ جرا آنکھ

چوکی بس مسین نے ہاتھ پاؤں کاٹ دیے۔"

چوتھا بولا: "اور اس سیٹھ کو تو دیکھو کیسا موٹر اُڑاتا چلتا ہے۔ ہم کھون پسینہ ایک کرتے ہیں تو ایک وکھت کھانے کو ملتا ہے۔ اور وہ رنڈی بازی کرتا پھرتا ہے!"

میں اُدھر چلا جدھر مندر ہے۔ بوڑھے، جوان، بچّے، عورتیں، مرد، ہاتھوں میں پھول اور مٹھائی لے کر مندر کے در تک جاتے، گھنٹا بجاتے، پرشاد چڑھاتے، پھر ہاتھ جوڑے مرادیں مانگتے پچھلے پاؤں پلٹتے۔ اس مجمع میں بھی ہر طبیعت اور ہر مزاج کے لوگ دکھائی دیے۔ مزدور بھی تھے، سیٹھ ساہوکار بھی، ایماندار بھی تھے، چور اُچکّے بھی، اور دیوی جی کے سامنے دُعا مانگنے والی دیویوں کے پتی بھی اور تماشائی بھی۔ مندر کیا تھا گنگا کا پاٹ تھا، جس پر ناپاک اور پاک، شُدھ اور اشُدھ سب یکساں طور پر ایک روحانی غسل کے لیے جمع تھے۔ اب اس کی گنتی کون جانے کہ ان میں سے کتنے اپنی موجودگی سے مندر کو ناپاک بنا رہے تھے، اور کتنی گندی روحوں کو یہ مذہبی استھان پوتر بنا رہا تھا۔

مَیں اور آگے بڑھ گیا۔ سامنے کاظم اینڈ کو کی گھڑیوں کی دُکان دکھائی دی۔ شیشوں میں سے چاندی کے کپ اور مختلف سامان اس طرح چمک رہے تھے کہ آنکھوں میں چکاچوندی ہونے لگی۔ میں دُکان سجانے والوں کے سلیقہ کی دل ہی دل میں تعریف ہی کر رہا تھا کہ سردار گراموفون کمپنی والے نے فیاض خاں کا 'بہاگ' والا ریکارڈ لگا دیا۔ مجھے اس موٹی آواز کے لوچ نے اپنی طرف کھینچ لیا۔ مالک دُکان سے صاحب سلامت تھی۔ ریکارڈ پورا سنا، پھر یہ پوچھ کر کہ فیاض خاں کا کوئی نیا ریکارڈ تو نہیں آیا؟ دُکان سے نکلا ہی تھا کہ کاظم اینڈ کو کے ہاں ایک بڑی شاندار موٹر آ کے رُکی۔ اس میں سے ایک پری اُتری۔ عورت کیا تھی، کریم، پاؤڈر، سُرمہ، لپ اسٹک، سینٹ، ریشمی کپڑوں کا مجموعہ تھی۔ مگر اتنے سارے بناؤ پر بھی یہ بات نمایاں تھی کہ سن ڈھل چکا ہے اور جوانی کا سورج ڈوب گیا ہے۔ ایک اُنیس بیس برس کا نوجوان بھی اس کے ساتھ تھا۔ داڑھی مونچھیں صاف، خوشنما سنہری عینک لگی اور ریشمی سُوٹ پہنے ہوئے۔

مَیں نے سردار سے پوچھا۔ "یہ کون لوگ ہیں؟"

وہ بولے۔ "یہ تِلی تورانی صاحبہ ہیں۔"

مَیں نے کہا۔ "اور وہ نوجوان ان کا لڑکا ہے؟"

وہ ذرا منہ بنا کر بولے۔ "جی نہیں وہ رانی صاحبہ کے نئے دوست ہیں!"

مَیں نے گھبرا کر پوچھا۔ ''اور راجہ صاحب؟''

وہ بولے۔ ''جی، اُن سے آج کل ان صاحبزادے کی ماں سے دوستی ہے!''

مَیں نے رشتوں کے اس اُلجھاؤ سے گھبرا کر قدم بڑھایا۔ بھیک مانگنے والوں کی ایک قطار ملی۔ بوڑھے، بوڑھیاں، بچّے، بچیاں، اندھے لنگڑے لولے، طرح طرح کی بیماریوں میں گرفتار، میلے، گندے چیتھڑوں میں لپٹے ہوئے۔

''نواب صاحب ایک پیسہ! بابو جی ایک پیسہ! اللہ بھلا کرے گا، بھگوان آپ کی بھی سُنے گا!''

مغرب کا وقت تھا، اذان ہو رہی تھی۔ مسلمان جوق جوق جلدی جلدی لان کی طرف چلے جا رہے تھے۔ جیب سے پیسہ نکالنے میں دیر ہو جانے کا اور نماز کے قضا ہو جانے کا کھٹکا تھا... ہندوؤں کی سندھیا کا وقت تھا۔ وہ رُک کر ان بھکاریوں کی چیخ کیوں کر سنتے؟ پونجی پتی موٹروں میں اُڑے چلے جا رہے تھے، گپیں لڑاتے، گیہوں، شکر، گھی کے چور بازار کی نرخ پر بحث کرتے ہوئے۔ کالج کے نوجوان بیگم پارہ، اور نرگس کے مقابلے میں مشغول تھے، یا پھر سڑک پر سے گزرنے والی ہر صورت میں، ان نجس لوتھڑوں کو کون دیکھتا۔ مجھ سے بھی دیکھا نہ گیا۔ مَیں نے جیب میں دو انگلیاں ڈالیں۔ چار اکنّیاں ہاتھ آئیں۔ مَیں نے انہیں اس گروہ کے سامنے زمین پر پھینک دیا۔ سب کے سب ان پیسوں پر اس طرح ٹوٹ پڑے جس طرح بھوکی مکھیاں تھوک پر گرتی ہیں، اور آپس میں اس طرح جھگڑنے لگے۔ جس طرح ہندوستانی کتّے سوکھی ہڈّیوں پر لڑتے ہیں!

✿✿

ایک صبح، کئی کردار

کہنے کو تو اس عظیم و وسیع دنیا میں ہر جگہ ''صبح ہوتی ہے، شام ہوتی ہے۔ عمر یوں ہی تمام ہوتی ہے''، لیکن ہر ایک کے لیے نہ ہر صبح صبح ہوتی ہے اور نہ ہر شام شام، مزاج و طبیعت، عادت و خصلت، افلاس و دولت، مذہب و ملّت، مسکن و وطن، موقع و محل، شام و سحر کو بدلتے رہتے ہیں اور تو اور، شہروں اور دیہاتوں کی صبحیں اور شامیں بھی مختلف ہوتی ہیں۔ دیہاتوں میں نہ تو شہر جیسا شور و شغف، نہ تفریحوں کے سامان، نہ سینما اور تھیٹر کے رومان، نہ کلب گھروں کی میخواری، قمار بازی، نہ دفتروں کی دوڑ دھوپ، نہ کچہریوں کی گہما گہمی، نہ طلبا و طالبات کا ہجوم اور نہ بات بات پر اُن کی ہڑتالیں، نہ فیکٹریوں کی چمنیوں سے نکلتا دھواں، نہ ریل گاڑیوں، موٹروں، ٹرکوں کی گڑگڑاہٹ اور نہ گلی کوچوں میں سودا بیچنے والوں کی بے ہنگام یا خوش آئند صدائیں۔

دیہات میں سکوت و سکون، خاموشی اور اطمینان، محنت کے دن، آرام کی راتیں۔ صحت مندی کی فضا اور تازہ تازہ مٹّی کی خوشبو سے معطر ہوا۔

ناصر نے اس فرق کو بڑی شدّت سے محسوس کیا۔ وہ تازہ ولایت کی طرح بی اے کے امتحان سے فراغت پا کر اپنے وطن محمد پور آیا تھا۔ پردیس کے جہنم کی گود سے نکل کر ماں کے آغوش کی جنت میں! اس کے باپ یعقوب میاں محمد پور کے سب سے بڑے زمیندار تھے۔ ان کا وسیع اور پختہ مکان حویلی کہلاتا تھا۔ اس کے دو بڑے بڑے حصّے تھے۔ زنان خانہ خواتین کے لیے مخصوص تھا، وہیں یعقوب میاں بھی سوتے تھے اور چھوٹے بچّے بھی۔ مردانہ حصہ مرد عزیزوں، دوستوں سے ملنے کی جگہ تھی۔ معاملے، مقدمے کے فیصلے اور مہمانوں کا قیام یہیں رہتا۔ ناصر اب جوان تھا، ناکتخدا تھا اس لیے وہ جب وطن آتا تو مردانے ہی میں رہتا۔ باپ ماں کی نگراں نظروں سے دُور۔

اس نے اب کے آتے ہی ساری کتابیں 'سینت کر' رکھ دی تھیں۔ امتحان کے درمیان اور امتحان کے مہینوں پہلے سے ان کا اس طرح رات دن سامنا رہا تھا کہ اب ان کی صورت سے قے آتی تھی۔ اندر جاتا تو ماں سے ہوسٹل کے بدمزہ کھانوں اور ان میں 'فلفل پرّاں' کی افراط کا خوب نمک مرچ لگا کر ذکر کر کے طرح طرح کی لذیذ غذاؤں کی فرمائش کرتا اور ساری خواتین ''ہے ہے، اوئی! نوج!'' کہہ کر آستینیں چڑھا لیتیں اور خالص گھی میں دونوں ہاتھ ڈبوڈبو کر اس کے لیے طرح طرح کے پکوان تیار کرنے میں لگ جاتیں۔ باہر مردانے میں ہم سن اعزا اور دوستوں کا جمگھٹا رہتا، کبھی شکار کا پروگرام بنا کر میلوں ہرن اور نیلے کا پیچھا کیا جاتا اور دن بھر کی دوادوش کے بعد دو چار فاختہ، پانچ چار ہریل اور دو ایک تیتر مار لاتے۔ کبھی کورٹ پیس کی یا شطرنج کی محفلیں جمتیں۔ رات کے گیارہ گیارہ بجے تک اسی طرح کا جماؤ رہتا۔ پھر مجمع چھٹتا اور ناصر و غفور، اس کا پرانا ہم سبق، اپنے اپنے پلنگ پر غافل سو رہتے۔

غفور بھی خصوصیتِ خاص کا مالک تھا۔ دونوں نے الف، ب ساتھ شروع کی، مگر ناصر دو برس کے عرصے میں گلستاں بوستاں کی سیر کر کے شہر انگریزی پڑھنے چل دیا، اور وہ آمدنامہ ہی کی گردانوں کی ٹٹّی بھی نہ پھاند سکا۔ اس نے یہ دماغی ورزش تو چھوڑی اور جسمانی ریاضت پر پل پڑا۔ اس نے اچھے ہاتھ پاؤں نکالے اور خاصا پہلوان بن گیا۔ جہالت نے علم ہی سے نہیں، حلم سے بھی محروم کر دیا تھا اور اب وہ بات بات پر بزرگ ہو کہ خورد، ہر ایک سے خم ٹھونک کر لڑنے پر تیار ہو جاتا تھا۔ مگر ناصر سے اُسے فطری اُنس تھا۔ ناصر اسے بیوقوف کہتا، موقع بے موقع ڈانٹ دیتا، مگر وہ اس کی ہر بات بہ خوشی انگیز کر لیتا تھا، اور جب بھی وہ آ جاتا تو رات دن سایہ کی طرح اس کے ساتھ رہتا۔ ناصر کو بھی شعوری طور پر اس کی معیت سے ایک طرح کا اطمینان رہتا۔ اس کے لیے غفور گویا رفعِ ضرر کا حرز تھا۔ اسی کی موجودگی کی وجہ سے وہ سال میں دس مہینے ڈالڈا کھانے والا بھی نڈر بن جاتا تھا۔

غرض، گھر پر پہنچتے ہی ناصر کے دن بھی اپنے تھے، شامیں اور راتیں بھی اپنی اور صحبتیں بھی اپنی۔ جی چاہا نماز کے لیے اٹھا، جی چاہا پلنگ پر پڑا خرّاٹے لیتا رہا۔ نہ کوئی ٹوکنے والا، نہ کوئی ٹھوکے دے کر اُٹھانے والا۔ دیر تک سونے میں یہ تکلیف ضرور ہوتی کہ سورج کی کرنیں تاکتی جھانکتی منہ پر آ کر جم جاتیں اور گرمی سے بے چین ہو کر آنکھ ملتا اُٹھ بیٹھنا پڑتا۔ غفور بھی اپنے محبوب کو ان شوخ چشموں سے نہ بچا سکتا۔ صحن میں آفتاب کا راج ہوتا، اس کے سامنے سر جھکانا

تو ممکن تھا، مگر اس سے آنکھیں لڑانا ناممکن۔

لیکن سورج کی ٹیڑھی ترچھی نظر سے گھنٹوں پہلے جو چیز ناصر ہی کی نہیں سارے گاؤں کی میٹھی نیند میں مخل ہوتی تھی وہ کھکھارو میاں کو شور نشور جیسی کھانسی تھی، عجیب لرزہ خیز کھانسی تھی ان کی اور عجیب وغریب شخصیت تھی کھکھارو میاں کی۔ ستر بہتر کا سن، لمبے چوڑے قد آور، گندمی رنگ، گول چہرے پر سفید بڑی سی داڑھی، چوڑی چوڑی ہڈیاں۔ اس عمر میں بھی تیر کی طرح سیدھے سینہ تان کر چلتے۔ ہر قدم اتنا مضبوط پڑتا کہ زمین پر نشان اُبھر آتا۔ لوگ کہتے تھے کہ صبحِ کاذب سے بہت پہلے اُٹھتے تھے، تہجد پڑھتے، پھر تھوڑے ڈنڈ پیلتے، کچھ ہاتھ مگدر کے ہلاتے، پھر نیم کی مسواک سے رگڑ رگڑ کر دانت خوب صاف کرتے۔ منہ دھوتے، وضو کرتے اور نمازِ صبح ادا کر کے فوراً ہی ناشتہ کر ڈالتے، یہ رات میں ان کی نیک بیوی ان کے لیے ایک دسترخوان میں لپیٹ کر چھینکے پر رکھ دیتیں۔ یہ ناشتہ ہوتا تھا، تین گیہوں کی موٹی موٹی روٹیاں، شامی کباب کی دو ٹکیاں یا سوکھے کوفتوں کی تین چار گولیاں یا گڑ کا ایک بڑا سا ٹکڑا۔ یہ اس ناشتے کو خوب چپل چپل کر کھاتے۔ دانت اب تک بالکل ثابت تھے اور آنکھ کی بینائی بھی قائم۔ ناشتہ ختم کرنے پر ایک بڑا کٹورہ ٹھنڈے پانی سے لبریز پیتے اور گھر سے بانس کا ایک موٹا سونٹا لے کر نکل پڑتے۔

گرمی ہو، جاڑا ہو، برسات ہو ان کی علی الصباح کی اس چہل قدمی میں کوئی فرق نہ آتا۔ نہ لباس میں کوئی خاص تبدیلی ہوتی۔ ململ کا ایک لمبا، تکمہ دار بائیں چھاتی کے اوپر گریبان بنا کرتا اور مارکین کا ایک بَرکا، ٹخنوں سے اونچا پائجامہ زیب تن رہتا۔ جاڑوں میں گاؤں ہی کے گنڈریے کا بُنا ہوا ایک کھردرا کمبل کندھے پر ڈال لیتے اور برسات میں سونٹے کی جگہ ہاتھ میں چھتری اور پاؤں میں گھیتلے کی جگہ دو آنے کی منقش کھڑاؤں ہوتی۔ کھکھارو میاں کی چہل قدمی کا راستہ بھی معین تھا۔ وہ اپنے گھر سے نکل کر بستی کی آبادی بھر زور زور سے کھانس کر حلق کا بلغم صاف کرتے یا قصباتی زبان میں کھکھارتے ہوئے کھیتوں تک پہنچتے اور ان کی پتلی پتلی مینڈوں کو کچلتے آم کے کئی باغوں کو پار کرتے اور خود اپنے کھیتوں کی بھی خیر صلا لیتے ہوئے خاندانی ہڑاوڑ تک جاتے۔ وہاں مردہ عزیزوں کی ٹوٹی دھنسی قبروں پر فاتحہ پڑھ کر سورج نکلنے سے پہلے ہی گھر پلٹ آتے۔ جاتے وقت کا وہ شور وشغب اب بالکل خاموشی سے بدل جاتا تھا گویا ان کا گلا فیکٹری کا بھونپو تھا جو مقررہ وقتوں پر ہی بجایا جاتا ہے۔

کھکھارو میاں کی یہ کھکھار نیم خفتہ، نیم بیدار نمازیوں کے لیے بے الفاظ کی اذان بنتی

اور گاؤں کے واحد مندر کے گھنٹہ بجانے اور شنکھ پھونکنے کا الارم۔ کھیت کھلیان والے بھی اس گھنٹی سے فائدہ اُٹھاتے، وہ جلدی سے اُٹھ کر مویشیوں کو ناند پر لگا دیتے اور اسٹیشن جا کر ٹرک کے گاڑی پکڑنے والے بھی ہوشیار ہو کر اپنا اپنا سامان درست کرنے لگتے۔

مگر کھکھارو میاں چہل قدمی سے واپسی پر جو اپنے گھر میں غروب ہوتے تو پھر ان کی صورت کوئی نہ دیکھتا۔ صرف دو موقعوں پر ان کی جھلک دکھائی دیتی تھی۔ کسی مجلسِ عزا میں آنسو بہاتے اور سینہ کوبی کرتے ہوئے یا کسی مسلمان کے جنازے کو بعد غسل و کفن کندھا دیتے ہوئے۔ ورنہ وہ گھر سے باہر نہ نکلتے تھے۔ کہتے ہیں کہ کھکھارو میاں کی اس گوشہ نشینی کا سبب دو جوان بیٹوں کی موت تھی۔ ان حادثات سے قبل وہ ایک ہنس مکھ، ملنسار، باغ و بہار آدمی تھے۔ لوگ تو اشارۃً کنایۃً یہ بھی کہتے ہیں کہ وہ قدرے دل پھینک بھی تھے، لیکن طاعون نے جیسے ان کا ہرا بھرا باغ ویران کر دیا، ان سے کوچہ گردی بھی چھڑا دی، ہنسی دل لگی بھی چھین لی اور انھیں ایک راہب نما معتکف بنا دیا۔ اب گاؤں کے لیے ان کی خیریت سے باخبر ہونے کا اگر کوئی ذریعہ تھا تو وہی ان کی کھکھار۔

ایک صبح جب ناصر ایک نہایت ہی رومانی خواب دیکھ رہا تھا، کھکھارو میاں کی اسی بانگ نما کھانسی نے اسے جگا دیا۔ ہر نوجوان کی طرح خوابِ شیریں سے ناوقت جگائے جانے پر وہ بڑبڑایا۔ کھکھارو میاں کی بے موقع 'کھکھار' کو اس نے کوسا اور خواب کے ٹوٹے ہوئے رشتے شعوری طور پر جوڑنے کی کوشش کرنے لگا۔ اس سعیِ ناتمام کی بدولت غنودگی اس پر پھر سے طاری ہوگئی۔ دینداروں کا کہنا ہے کہ صبح تڑکے یادِ الٰہی کے لیے اُٹھنے والوں پر شیطان اور اس کے چیلوں کی خاص نظرِ عنایت رہتی ہے۔ جہاں عبادت گزاروں نے اُٹھنے کا قصد کیا اور یہ شریر اس کی پاؤں چمپی کرنے لگتے ہیں۔ پھر تو جسم کی کسمساہٹ اور رسمساہٹ میں وہ مزہ آتا ہے کہ ساری چستیاں اور پھرتیاں اس پر قربان! عجب نہیں کہ نافرمانوں کا یہ گروہ ناصر کے معاملے میں سو فیصدی کامیابی حاصل کر لیتا، لیکن دفعتہً کسی نے صدری پھاٹک کی کنڈی زور زور سے کھٹکھٹائی۔

ناصر کی پیشانی پر شکنیں پڑگئیں، مگر اس نے نہ آنکھ کھولی اور نہ وہ بولا۔ وہ جانتا تھا یہ کسی ہم چشم یا بزرگ قریہ ہی کی حرکت ہوسکتی ہے۔ رعایا پرجا میں سے کسی کی مجال نہ تھی کہ وہ زمیندار کے پھاٹک کی کنڈی کھٹکھٹائے۔ بہت ہوتا تو وہ 'کھاں صاحب' یا 'کارندہ جی' کی ہانک لگاتا۔

اور ناصر یہ نہیں چاہتا تھا کہ اپنوں میں سے کوئی آ کر صبح صبح اُسے جگائے اور نماز سے غفلت برتنے پر ٹوکے۔ زنجیر پھر زور سے کھڑکی تو چھانگر خاں نے نیند سے جاگ کر، غصہ سے غرّا کر پوچھا "ارے کون ہے بھائی!" اس کی آواز میں وہ ساری جھنجلاہٹ تھی جو کچی نیند سے جگائے جانے والوں کے ہاں فطری طور پر پیدا ہو جاتی ہے۔

یوں بھی چھانگر خاں بڑا اکڑو خاں تھا۔ وہ گاؤں کے سب سے بڑے زمیندار، مگر سب سے زیادہ نیک زمیندار کا سب سے پرانا منہ لگا پیادہ تھا۔ وہ ہما شما کو نظر میں نہ لاتا تھا۔ رعایا پرجا سے 'ابے تبے' کر کے بات کرتا تھا۔ یہ چھ فٹ کا لحیم شحیم ساٹھ برس کا 'پاٹھا' کسی زمانے میں پہلوانی بھی کر چکا تھا۔ جب سے لنگوٹ کھولا تھا اس نے نہ جانے کتنے رومانی معرکے سر کیے تھے۔ یعقوب میاں عام زمینداروں کے دستور کے خلاف نہ تو کسی اسامی پر لگان کا دعویٰ کرتے، نہ وصولی کے سلسلے میں کسی کی مشکیں کسواتے، نہ کسی قسم کے جبر و تشدد کو روا جانتے اور نہ کسی کی بہو بیٹی کو حریص نگاہوں سے تاکتے۔ ان کی اس نیکی اور 'بھل منساہت' کی کسر چھانگر نکال لیتا۔ وہ ہر ایک نادہند سے نذرانہ وصول کرتا، بالکل مہاجنوں کی طرح سود در سود پر روپیہ قرض دیتا۔ اور دوسروں کی بہو بیٹی کو اپنے لیے مالِ حلال سمجھتا۔ اس نے ایک چھوٹا سا مکان حویلی سے قریب ہی خرید لیا تھا اس لیے چھانگر کو بارہ بجے رات سے پہلے رومان لڑانے سے فرصت نہ ملتی تھی اور یہی وجہ تھی کہ وہ خلافِ معمول دیر میں سوتا اور دیر میں اُٹھتا تھا۔ ورنہ جیسے اپنا مکان ہونے پر بھی میاں کی ڈیوڑھی پر سونا اس کا معمول تھا، اسی طرح کھکھارو میاں کی کھکھار کے ساتھ ہی اُٹھنا اور اپنا زریل گڑگڑانا اس کا روز مرّہ کا دستور تھا۔

چھانگر کی وجہ تسمیہ ظاہر بظاہر تو کوئی نہ تھی۔ لیکن روایت ہے کہ جب وہ پیدا ہوا تھا تو اس وقت اس کی چھوٹی انگلی کی جڑ میں ایک ننھا منا گوشت کا ٹکڑا لٹکا ہوا تھا۔ اس کی ماں نے اس کو چھٹی انگلی مان کر اس کا نام چھانگر رکھ دیا۔ باوا جان کو نہ تو نام پسند تھا اور نہ یہ چھیچھڑا۔ اس لیے جس دن چھانگر باقاعدہ مسلمان بنایا گیا، نائی نے دوبارہ ہاتھ کی صفائی دکھائی اور سونے کی چڑیا دو چھیچھڑے ایک ساتھ اپنی سنہری چونچ میں دبا کر فضا میں غائب ہو گئی۔ لیکن گو کہ ہاتھ کا چھٹا حصے دار معدوم ہو گیا تھا مگر چھانگر کا نام چپکا ہی رہ گیا، نہ اس نام سے چھٹکارا ملا اور نہ اس ہاتھ کی ہزار پائی گرفت ڈھیلی ہوئی۔ رعایا پرجا کا گلا اسی سے دبایا جاتا تھا۔

لیکن چھانگر کو اس اکڑ کے باوجود بزرگ داشت کا بڑا خیال تھا۔ وہ جانتا تھا یعقوب

میاں اس کی ساری حرکتوں سے چشم پوشی کر سکتے ہیں، مگر وہ اس کے کسی طرح روادار نہیں ہو سکتے کہ ان کا کوئی ملازم ان کے ہمسر زمینداروں سے بدتمیزی یا بدتہذیبی سے پیش آئے۔ اس لیے جیسے ہی پھاٹک کے باہر سے جواب ملا کہ ''ارے میاں چھانگر، دروازہ کھولو! میں ہوں آفتاب!'' وہ ننگے پاؤں پھاٹک کی طرف لپکتا ہوا بولا۔ ''ارے آفتاب میاں آپ اتنے سویرے سویرے کہاں؟'' اور اس نے جلدی سے پھاٹک کھول دیا۔

اور اس سے برآمد ہوئے اپنا ہی جیسا ایک منحنی، سوکھا ہوا اُپلا ہاتھ میں لیے ہوئے آفتاب میاں۔ انھوں نے ایک بانگ دینے والے ٹینی مرغ کی طرح گردن اٹھا کر پورے صحن پر نظر ڈالی۔ دونوں نوجوان خوردوں کو خوابِ خرگوش میں پڑا دیکھ کر طنز سے مسکرائے، پھر بولے ''اچھا، تو یہاں ابھی رات ہی ہے!'' اور انھوں نے چھانگر کے دالان میں داخل ہونے والے زینے پر پاؤں رکھتے ہی دونوں سونے والوں کا نام لے لے کر پکارا۔ ''اے غفور! اے ناصر! اٹھو جی! نماز کا وقت جا رہا ہے!''

چھانگر نے انھیں مزید چیخ پکار سے ایک شرعی بات کہہ کر باز رکھنا چاہا۔ وہ یعقوب میاں کے ساتھ عتباتِ عالیات اور مقاماتِ مقدسہ کی زیارت سے مشرف ہو آیا تھا اس لیے اس کا شین قاف بھی درست تھا اور وہ تھوڑا بہت مسئلے مسائل سے بھی واقف تھا۔ اس نے کہا ''میاں میں نے اپنے کانوں سے ایک بہت بڑے عالم کو یہ کہتے سنا ہے کہ نوجوانوں کو صبح کی نماز کے لیے زبردستی جگانے سے منع کیا گیا ہے!''

آفتاب میاں بولے: ''ہونہہ! نماز پڑھیں یا نہ پڑھیں، مگر ان کو سویرے تو جاگنا ہی چاہیے۔ مجھے نہیں دیکھتے ہو کہ پچھتر کے لگ بھگ ہوں، مگر کھکھارو سے بھی پہلے اُٹھتا ہوں، بھینسوں کو اپنے ہاتھ سے ناند پر لگاتا ہوں، پھر مسجد میں آ کر غوطہ طہارت کرتا ہوں اور نماز پڑھتا ہوں۔ پھر جا کر اپنے ہاتھ سے دونوں بھینسوں کا دودھ دوھتا ہوں۔''

چھانگر نے چلم پر تمبا کو اور ہلکا تو اجماتے ہوئے بات کاٹی ''اس کے لیے تو بڑی مضبوط چٹکی کی ضرورت ہے۔ میں سمجھتا تھا کہ وہ پہلوان بنجارن ہی اس کام کو...''

آفتاب میاں اپنا دُبلا سوکھا ہاتھ بڑھا کر بولے ''تم اس ہاتھ کو کیا سمجھتے ہو؟ یہ فولاد کا بنا ہے، فولاد کا!'' پھر ذرا سرگوشی کے لہجے میں بولے ''ارے میاں تم جانتے ہی ہو، گاؤں کے کٹر لوگوں کی ذہنیت۔ وہ بنجارن کے ہاتھ کا دوہا ہوا دودھ بھلا کیسے خریدیں گے! اس لیے سب کچھ

اپنے ہی ہاتھ سے کرنا پڑتا ہے۔ اور یہ سب کرنے کی کیوں قوت ہے، اس لیے کہ ہمیشہ سے صبح سویرے اُٹھتا ہوں، کوؤں کے بولنے سے کہیں پہلے!'' اور انھوں نے پھر ذرا ڈانٹ کر آواز دی ''اٹھو جی غفور اور ناصر! کیا گھوڑے بیچ کر سوئے ہو!''

ناصر تو جاگ ہی رہا تھا غفور بھی جاگ گیا۔ مگر دونوں میں سے کوئی بھی صبح صبح آفتاب میاں کا چہرہ نہ دیکھنا چاہتا تھا۔ کالے کلوٹے پانچ فٹ دو اِنچ کے بخیل کا چہرہ۔ وہ عمر بھر کلکٹری کی مختلف چھوٹی بڑی اسامیوں پر کام کرنے کے سلسلے میں حاکموں کے روبرو رشوت لینے میں ہاتھ کی بڑی صفائی دکھاتے رہے تھے۔ گاؤں میں مشہور تھا کہ انھوں نے ہزاروں سونے چاندی کے سکے زمین میں گاڑ رکھے ہیں اور بیس ہزار سے زائد رقم مختلف مقامات کے بینکوں میں جمع ہے اور خود کاشت کا ہزاروں ہزار سیر غلہ ہر سال بیچ لیتے ہیں۔

سوائے ان کے یا ان کی خفیہ مدخولہ بنجارن کے کوئی ان کے گھر میں کھانے والا نہ تھا۔ لڑکیاں اپنی اپنی سسرال میں تھیں۔ ایک لڑکا تھا وہ بھی غریب اور یتیم بچوں کا وظیفہ حاصل کر کے شہر میں پڑھ رہا تھا اور ایک عزیز کے سر کھاتا پیتا تھا۔ جب کبھی وہ سال میں دو ایک ہفتے کے لیے آتا تو بنجارن میکے میں منتقل ہو جاتی اور آفتاب میاں خرچ کے بڑھ جانے کا گاؤں بھر میں رونا روتے۔ آخر اس بچّے کے لیے ایک آنہ روز کا گوشت یا کوئی ترکاری منگانی ہی پڑتی، نہیں تو بنجارن ان کے اور اپنے لیے جو یا باجرے کی موٹی موٹی ٹکیاں سینک دیتی اور بے مسالے کی اَرہر یا ماش کی دال اُبال دیتی اور دونوں لہسن، لال مرچ کی چٹنی کے ساتھ اسے نوشِ جان کر لیتے۔ آفتاب میاں نے تین تین بھینسیں پال رکھی تھیں۔ ان کا دودھ وہ گوالوں سے زیادہ مہنگے داموں پر کنڑ لوگوں کے ہاتھ بیچتے۔ جو بچ رہتا اس کا دَہی جما کر گھی نکالتے اور گھی الگ اور مٹھا الگ بیچتے۔ بنجارن ان کے لیے نعمتِ غیر مترقبہ تھی۔ وہی بھینسوں کے گوبر اُٹھاتی، اُپلے پاتھتی، ان کی ٹوٹی پھوٹی پتیلیاں، دودھ کے برتن مانجھتی اور دسویں پندرہویں خود ان کو بھی مانجھ دھو دیتی۔ اس کم خرچ اور وافر آمد پر آفتاب میاں ہر وقت ہر ایک سے اپنی غربت کا دُکھڑا بیان کرتے، مگر ضرورت مند کسانوں کو سود در سود پر روپیہ قرض دیتے اور کابلیوں کی طرح ان سے تقاضا کر کے پائی پائی وصول کر لیتے۔ ہم چشموں میں یہ سود نفع کا نام اختیار کر لیتا اور ان کے ہاں ہر تقاضا ایک دعوت کی صورت اختیار کر لیتا، جس میں وہ اس طرح ڈٹ کر کھاتے کہ کئی وقت گھر میں ہانڈی چڑھنے کی حاجت نہ محسوس ہوتی۔ قصبہ میں کسی کو یاد نہ تھا کہ جب سے وہ پنشن لے

کر گھر آئے تھے انھوں نے کسی موقعے پر کسی کو بھی، بھولے چوکے ہی سہی اپنے ہاں کھانا کھلانے کی عزت بخشی ہو، البتہ خود ہر بہانے کھانے کو نہ چوکتے۔ وہ احسان کے بدلے احسان کرنے یا کسی کی نیکی کا بدلہ دے کر اس کے ثواب میں کمی کرنے کے قائل نہ تھے۔ بقول چھانگر کے ''آفتاب میاں مِلکی بھی تھے اور بنئے بھی۔ وہ کہتا مِلکی سینے پر سوار ہو کر حلق میں انگلی ڈال کر ہر طرح کی حرکتیں کر کے اپنا پیسہ وصول کر لیتا ہے، لیکن وقت پڑنے پر، شان دِکھانے کے لیے خاندان کی آن رکھنے کے لیے روپیہ پانی کی طرح بہاتا ہے۔ بنیا کا اصولِ زندگی ہے ''چام جائے، دام نہ جائے!'' اس کو شان، آن، خاندان، کسی چیز کی پروا نہیں۔ وہ کسی حال میں روپیہ خرچ نہیں کر سکتا۔ آفتاب میاں مِلکی گھرانے میں پیدا ہوئے، اپنا روپیہ وصول کرنے میں وہ ایک کی جگہ دس وصول کرنے میں نہیں جھجکتے۔ مگر جہاں اپنی 'ٹینٹ' سے روپیہ خرچ کرنے کا نام آیا وہ بالکل بنیا بن جاتے ہیں۔ وہ اپنی کھال کھنچوا لیں گے مگر دھیلا دینے پر راضی نہ ہوں گے!''

ایسے کنجوس مکھی چوس کی صبح صبح رونمائی کے معنی تھے دن بھر کے فاقے کو پیشگی دے کر بلانا۔ اس لیے ناصر نے پہلے تو آنکھ کھول کر اپنی ہتھیلی دیکھی، پھر غفور کی خمار اور غصّے سے سُرخ آنکھوں میں مسکراتے ہوئے دیکھ کر بہ آواز بلند کہا ''تسلیم دادا جان!''

انھوں نے ناصر و غفور کی طرف پشت کیے ہوئے ہی دعا دی ''جیتے رہو بیٹا! جیتے رہو!'' اور غفور ایک موٹی سی گالی دے کر منہ ہی منہ میں بڑبڑایا ''اور تم جلد ہی مرو!'' اور قبل اس کے کہ وہ چھانگر کے بسکھٹ پر براجمان ہو کر ان کی طرف منہ کریں، دونوں نوجوان جلدی جلدی پھاٹک سے نکل کر حویلی سے ملی ہوئی مسجد کی طرف روانہ ہو گئے۔

آفتاب میاں نے اپنا اُپلا بسکھٹ پر اپنی بغل ہی میں رکھ لیا اور چھانگر سے بولے ''تمھارے نریل کا گاؤں گاؤں شہرہ ہے۔ میں نے سوچا چلو اپنے حقّے کے لیے آگ بھی لیتا آؤں اور ذرا گیا ساؤ کی تمباکو اور تمھارے ہاتھ کی بھری ہوئی چلم کا مزہ بھی لے لوں۔ تم اچھا کرتے ہو کہ اس بنئے سے دو چلم تمباکو 'پجرئی' کے بدلے میں ہر روز مفت وصول کر لیا کرتے ہو ورنہ وہ تو بڑا نادہند ہے۔ مفت میں یعقوب کی زمین پر مکان اور دُکان بنا رکھی ہے اور ٹکا دینے کا نام نہیں لیتا!''

اتنے میں آس پاس کے مکانوں کے نوکر بدھو، خیراتی، جمن بھی آ گئے اور سب چھانگر

کے ساتھ زمین پر اُکڑوں بیٹھ گئے اور نریل پر دو کشی چلنے لگی۔ آفتاب میاں کو مفت کا حقہ بھی مل گیا اور اپنی چرب زبانی کی نمائش کا موقع بھی۔ بیچارے نوکران کی موجودگی میں آپس کی چھیڑ چھاڑ اور ہر فقرے میں گالی کی آمیزش سے تو محروم رہے، لیکن اس عزّت سے سرفراز ضرور ہوئے کہ ایک زمیندار نے ان کی حقہ نوشی میں شرکت کی۔ پھر انھوں نے ایسے ایسے نکات بیان کیے کہ جو کبھی ان کے خواب وخیال میں بھی نہ آئے تھے، پھر بھی وہ ان کے لحاظ سے ایک کے بعد ایک دوسری چلم بھری جانے کا انتظار نہ کر سکے اور خلافِ معمول جلدی جلدی اپنے گھروں کی طرف چل دیئے۔ دوسری چلم جو ہمیشہ سلفہ سے بھری جاتی تھی چھانگر اور آفتاب میاں نے شروعات کی بلکہ تنہا آفتاب میاں ہی نے، اس لیے کہ وہ دو چار ہی کش لینے کی بعد صبح حقہ نوشی کا انجام بھگتنے چلا گیا اور آفتاب میاں دالان میں یکہ وتنہا رہ گئے۔ گویا میدان انھیں کے ہاتھ رہا۔ جب ناصر اور چھانگر پلٹے تو وہ سلفے کو سچ مچ سلفہ بنا کر نریل ایک کونے میں دیوار سے لگا کر کھڑا کر چکے تھے اور اپنا محبوب دُبلا، پتلا سوکھا سہا اُپلا، بغیر آگ رکھے ہاتھ میں لیے دالان سے نیچے اُترنے کا قصد کر رہے تھے۔ چھانگر کو دیکھتے ہی بولے ''میاں چھانگر خوش رہو! تم واقعی بہت ہی اچھا حقہ بھرتے ہو۔ طبیعت سیر ہوگئی۔ واہ، واہ۔ اب میں برابر صبح کا حقہ تمھارے ساتھ ہی آکر پیا کروں گا۔''

چھانگر نے کہا ''تو میاں، یہ اُپلا تو یہیں رکھتے جایئے۔ کل کام آئے گا۔'' آفتاب میاں نے اسے اس طرح دیکھا جس طرح مڈل اسکول کا ماسٹر کسی شاگرد کو اس کے بے تکے سوال کے بعد دیکھتا ہے۔ ناصر چونکہ ابھی تک ٹھٹکا ہوا پاس ہی کھڑا تھا اس لیے چھانگر کی جگہ وہی مخاطب بنایا گیا۔ وہ بولے:

''سنتے ہو میاں ناصر، اس چھانگر کی باتیں؟ اس کا یہ سن وسال ہو گیا، ایران، توران، نہ معلوم کہاں کہاں ہو آیا، مگر اسراف کے معنی اسے نہیں معلوم اور یہ بھی نہیں جانتا کہ خدا نے اپنے مقدس کلام میں اسراف کو صاف صاف منع کیا ہے!'' پھر چھانگر کی طرف مڑ پڑے۔ ''جانتے ہو اسراف کیا ہے؟ اسراف ہے فضول خرچی۔ میں جانتا ہوں کہ تمھیں ہر رات تمھاری سرکار پورا ایک بہت ہی بڑا جنگی اُپلا مع ایک چنگاری کے لا کر دے جاتی ہے۔ اسی کو تم اپنے 'کوڑ' میں دبا دیتے ہو۔ اس کی آگ صبح کو اتنی ہوتی ہے کہ تم نہ صرف اپنی دو چلمیں بھر لیتے ہو بلکہ چولھا جلانے کے لیے آگ بھی زنان خانے میں بھیج دیتے ہو۔ غرض، تمھارے لیے سرکاری اُپلا بہت کافی ہوتا۔

ایسے میں اگر میرا اُپلا بھی اس میں بڑھا دیا جائے تو یہ بالکل فضول خرچی ہوگئی، اسراف محض! میرے لیے بھی گناہ، تمھارے لیے بھی گناہ؟''

پھر وہ خاص طور سے ناصر کی طرف پلٹ کر بولے ''میاں ناصر، ان باریکیوں کو یہ بیچارہ چھانگر کیا سمجھے! تم تو ماشاء اللہ پڑھے لکھے ہو، ذرا اسے دین ایمان کی باتیں بتاتے رہا کرو۔ اسے سمجھاؤ کہ اخلاق سے پیش آنا، دوسروں کی خاطر تواضع کرنا، خاص طور سے ہم سادات کی خدمت کرنا سب سے بڑی سعادت ہے۔ بہت بڑا کار ثواب ہے۔ اس کے مفت ہی مفت حاصل کردہ تمبا کو کا دھواں صرف مرغولہ بن کر یونہی ہوا میں جذب نہیں ہو جاتا، وہ اس کے لیے جنت میں سونے چاندی کے محل بنانے میں کام آتا ہے!''

وہ کچھ اور کہنا چاہیے تھے کہ ان کی بھینس جیسی بنجارن لپکتی ہوئی پھاٹک میں داخل ہوئی اور دونوں موٹے موٹے ہاتھ کمر پر رکھ کر آفتاب میاں کو ملامت کرنے لگی ''توں! یہاں ٹھار بات بناوت ہو اور اُوہاں دودھ دُوہل رکھل ہو اور لوگ باگ آہکالیوے کا ٹھار ہن'' (تم یہاں کھڑے باتیں بنا رہے ہو اور وہاں دودھ دوہا ہوا رکھا ہے اور لوگ اسے لینے کو کھڑے ہیں)

آفتاب میاں سٹپٹا گئے۔ دین ایمان کی باتوں پر بنجارن کی موجودگی نے بالکل ہی پانی پھیر دیا۔ وہ بگڑی بات بنانے کا پہلو ڈھونڈھ ہی رہے تھے کہ چھانگر بنجارن سے پوچھ بیٹھا ''ارے تو کیا تم ہی سارا دودھ دوہتی ہو؟''

آفتاب دادا کے چہرے پر جھنجھلاہٹ، ندامت اور لالچ کے ملے جلے ہوئے جذبات تیزی سے آتے گئے اور جلدی سے اُس کی طرف اپنا پیارا اُپلا بڑھا کر بولے ''تو چل میں آیا'' اور میں پیٹ پکڑے ہوئے زنانخانے کی طرف بھاگا۔

❁❁

بھوک

''کام ملا؟'' بوڑھی بھکارن نے دھوئیں سے کھانستے ہوئے پوچھا۔

''نہیں! جمیندار کہنے لگا پہلے پورے مہینے کی آدھی مزدوری ہم لے لیں گے اور آدھی صاحب!'' جوان مزدور نے 'سی، سی' کرتے جواب دیا۔

''کون صاحب؟''

''وہی بڑا امیٹ۔''

''پھر تم نے کیا نہیں کہا کہ تم مہینہ بھر کھاؤ گے کیا؟''

''اُس نے کہا، ہم کیا جانیں، کمانے آنا تھا تو گرہ گانٹھ میں کچھ رکھ کے آنا تھا!''

''تم نے کہا نہیں کہ اگر ہمارے پاس کچھ ہوتا تو مزدوری ہی کرنے کیوں آتے؟''

''سب کچھ کہا، پر اُس نے ایک بات بھی نہ مانی۔ بہت گڑگڑانے پر اتنا کہا۔ ''اگر پہلے مہینے کی پوری مزدوری نہیں دے سکتے تو تین مہینے تک آدھے آدھے مہینے کی مزدوری دینا پڑے گی۔''

''کتنا ملتا ہے روزانہ؟''

''یہی چھ آنے۔''

بھکارن دل ہی دل میں کچھ حساب جوڑنے لگی، پھر بولی۔ ''تو تم مزدوروں سے تو ہم بھکاری ہی اچھے، جو دس بارہ آنے روز کما لیتے ہیں۔''

''ہاں، ہاں!'' مزدور نے بھکارن کی آگ پر ہاتھ سینکتے ہوئے گردن جھکا کر کہا۔

بھکارن نے دو روپیہ کرایہ پر کوٹھری لے رکھی تھی۔ کچی دیواریں، کچا فرش، شکستہ چھت، آٹھ فٹ چوڑی، بارہ فٹ لمبی، اسی میں اس کا وہ بوریا تھا جو پلنگ کی جگہ کام دیتا تھا اور وہ گودڑ

جسے وہ لحاف کی طرح اوڑھتی تھی۔ اسی میں ایک طرف چار گے رکھ کر اس نے ایک چولھا بھی بنا رکھا تھا، جس کے قریب ایک توا تھا، ایک مٹی کا گھڑا اور ایک تاملیٹ۔

بھکارن کا سن کچھ ایسا زیادہ نہ تھا، یہی چالیس پینتالیس برس کی رہی ہوگی، مگر اُس کے چہرے پر جھریاں پڑی تھیں۔ اِس کی آنکھوں میں کیچڑ بھری تھی، اور اس کی ناک بیچ سے دھنسی ہوئی تھی۔ اس کے بالوں اور اس کے کپڑوں پر جوئیں رینگتی پھرتی تھیں۔ وہ ہر وقت میل سے بھرے، جگہ جگہ سے ٹوٹے ہوئے ناخونوں سے یا تو سر کھجاتی، یا بدن کو نوچتی رہتی تھی۔

مزدور ایک دیہاتی نوجوان تھا، سترہ اٹھارہ برس کا سن، گندمی رنگ، مضبوط ہاتھ پاؤں، کانپور گنگا اشنان کے سلسلے میں آیا تھا۔ یہاں کسی نے اس کی جیب کاٹ لی اور وہ پورے دو دن سیوا سمتی کے دفتر اور کوتوالی کا چکر لگاتا رہا۔ پھر جب اپنے پیسوں کے ملنے کی طرف سے مایوس ہوا اور بھوک نے بہت ستایا تو کام ڈھونڈھنے لگا۔ سمجھتا تھا بڑا شہر ہے، بیسیوں ملیں اور کارخانے ہیں، کہیں نہ کہیں پاؤں ٹکانے کی جگہ مل ہی جائے گی۔ مگر ہر جگہ ٹھیکیداروں اور جمعداروں کا دَور دَورہ تھا۔ کام سے پہلے ان کے حق کی گفتگو چھڑ جاتی اور ہر جگہ سے وہ ٹکا سا جواب پا کر مایوس پھرتا۔ تین دن اسی طرح کام کی تلاش میں گزر چکے تھے، اتنے زمانے میں صرف دو مرتبہ ایک ایک آنے کی مزدوری پریڈ کے بازار کے سلسلے میں بوجھ ڈھونے کی مل گئی تھی۔ اس رقم نے دو دن کے چنوں کا ٹھکانا کر دیا تھا، لیکن کل دن بھر اس نے بالکل فاقہ ہی کیا اور شام کو وہ بھوک اور تھکن سے مجبور ہو کر اس بھکارن کی کوٹھری کے سامنے والے چبوترے پر گر پڑا تھا۔ گو سردی تھی، دسمبر کا زمانہ تھا۔ مگر جوانی کی حرارت نے اسے فالج سے بچا لیا تھا۔ بلکہ وہ شب میں اسی طرح اپنے پھٹے کرتے میں پتھر کے فرش پر تھوڑا بہت سو بھی لیا تھا۔ صبح ہوتے ہی بھکارن اُسے جگا کر اپنی کوٹھری میں لے گئی تھی۔ اس نے جلدی جلدی آگ سلگائی تھی اور مزدور نے اس پر ہاتھ پاؤں سینکے تھے۔ پھر بھکارن نے اسے تھوڑے سے چنے دیے تھے اور وہ انہیں کھا کر بھکارن کی ہدایت کے مطابق اس فیکٹری کے پھاٹک پر سارا دن کھڑا رہا تھا جہاں کے لیے مشہور تھا کہ وہاں مزدوروں کی بڑی مانگ ہے۔ اس وقت وہ وہیں سے ناکامیاب پلٹا تھا۔

"پھر اب کیا کرو گے؟" بھکارن نے پوچھا۔

"کل اسی شرط پر کام کرنا شروع کر دوں گا، تین مہینے تک تین ہی آنے روز سہی!"

"پر رہو گے کہاں؟"

مزدور نے گھبرا کر باہر دیکھا۔ آج دفعتاً دو پہر ہی سے اُبر گھر آیا تھا۔ بار بار بجلی چمکتی تھی، بار بار رعد گرجتا تھا۔ اس وقت ایسی ایک کڑک ہوئی۔ کوٹھری کی بوسیدہ چھت سے تھوڑی سی مٹی نیچے آتی رہی۔ پھر ساتھ ہی بوندیں ٹپ ٹپ گرنا شروع ہوئیں۔ پھر بجلی چمکی، پھر زور کی کڑک ہوئی اور اولے پڑنے لگے۔ ہَوا کے ایک تیز جھونکے نے ان کے دس پانچ دانے موتیوں کی طرح چمکتے ہوئے اس کال کوٹھری میں بکھیر دیے۔ بکھارن نے اُنھیں جھک کر اُٹھالیا اور 'سوسو' کر کے اُنھیں کھایا اور کواڑ بند کرتے ہوئے کہا۔ ''اب کہاں جاؤ گے، یہیں رہو!''

مزدور نے گھبرا کر کہا۔ ''یہاں کیسے رہوں گا۔ ماں!'' اور اس نے بھکارن کو متعجب نگاہوں سے دیکھا۔

بھکارن کے چہرے کی جھریاں قریب قریب مٹ گئیں، اس کی دھنسی آنکھوں میں چمک پیدا ہوئی۔ اس نے مزدور کو ایک شکاری کی آنکھوں سے دیکھا، پھر وہ ہنس کر بولی۔ ''ماں کے جنے! میں کچھ ایسی بوڑھی بھی نہیں ہوں!''

بہو کی ہنسی

لالہ ہنس راج رام نگر کے اچھے خاصے کھاتے پیتے لوگوں میں سے تھے۔ گاؤں گراؤں، نوکر، آدمی، پرجا، سب کچھ بھگوان کا دیا موجود تھا۔ خود چار ہل کی کھیتی کرتے تھے۔ گھر پر دودھ گائیں متعدد بھینسیں پال رکھی تھیں۔ سواری کے لیے گھوڑا بھی تھا اور شادی بیاہ میں جانے کے لیے فینس بھی۔ جوان بیٹا مل راج اتنا نیک تھا کہ باوجود ایف. اے تک پڑھنے کے، محض ان کی خوشی کے لیے پڑھنا لکھنا چھوڑ بڑھاپے کا سہارا بنا اور کھیتی اور زمینداری میں ان کا ہاتھ بٹانے لگا۔ لالہ جی بھی جھٹ پٹ بہو ڈھونڈھ لائے اور گو ابھی گنیا تیرہ ہی برس کی تھی، لیکن پرانی ریت رسم کی پابندی میں گونا بھی کرا لائے۔ کہتے گھر خالی گلدان کی طرح سونا تھا، اب جا کر 'شوبھ' دیتا ہے!

ابھی سال بھر بھی نہ ہوا تھا کہ للائن کو پوتا ہونے کے لیے تیرتھ یاترا کی ترغیب دینے لگے۔ اور خود دیوی دیوتاؤں کو پرشاد چڑھانے لگے۔ تمنا تھی کہ کسی طرح ایک پوتا ہو جائے۔ لیکن شیوجی کسی سوچ میں تھے، انھوں نے جو کچھ لالہ جی کا دل دبی زبان کہہ رہا تھا نہ سنا۔ لالہ جی کی یہ حالت کہ خواہش و تمنا بڑھتی ہی جاتی ہے۔ بیوی سے شکایت کرنے لگتے ہیں۔ ''بھگوان کے نہ تو کان ہیں اور نہ آنکھ۔ وہ نہ سنتا ہے اور نہ اُسے دکھائی دیتا ہے!''

وہ اس مادرانہ لب ولہجہ میں، جو چالیس سے اوپر والی بیویوں کا دستور ہے، ڈانٹتیں۔ ''تم بھی اب سٹھیا ہو گئے ہو۔ ابھی ملو اور بہو دونوں بالک ہیں۔ دودھ کے دانت نہیں ٹوٹے۔ تم چاہتے ہو ہتھیلی پر سرسوں جمے۔ ابھی کے دن گونے کو ہوئے اور اس طرح کی اوّل فول تم پر ماتما کے بارے میں بکنے لگے!''

لالہ جی ایسے وقت غصہ ہو کر نیچے کی منہ سے لگی ہوئی، نے کھڑی کر دیتے اور ذرا بلند

آواز میں بولتے تھے: ''تو آج سے آٹھ برس بعد کوئی بالک ہوا بھی تو ہمارے کس کام کا؟ یگ دیوتا ہیں کہ تاک لگائے بیٹھے ہیں! جب ہم نہ ہوئے تو پھر کیا مزا؟ وہ کسے 'بابو!' پکارے گا؟ ملو اور بہو تو اسے ہماری طرح پال چکے!'' پھر باہر اُٹھ کر چلے جاتے اور کسی نہ کسی آدمی پر کوئی نہ کوئی بہانہ ڈھونڈھ کر اس طرح برس پڑتے گویا دل کی ہانڈی میں بخارات بھرے تھے۔ کسی نہج ڈھکنا بھاپ نکلنے کے لیے اُٹھنا ہی چاہیے تھا یا یہ کہ جتنے نوکر چاکر تھے سب کے سب سازش کر کے اُن کے پوتے کو ان کی گود تک پہنچنے سے روکے ہوئے تھے۔

پھر چھڑی اُٹھا کر گاؤں میں گھومنے نکل جاتے۔ وہاں بازار سے بہو کے لیے تھوڑا سا سیندور، کچھ سُرمہ، ایک کپی میں سر کا تیل، کاٹھ کی دو تین کنگھیاں اور لکلیوں سے بھری ایک ڈبیا خرید لاتے تھے اور یہ سب نذر اس طرح خاموشی سے گزاری جاتی تھی گویا خوشامد ہو رہی ہے کہ اب آس نہ ٹوٹے اور پوتا کھلانے کو کس طرح مل ہی جائے! وہ لجا کر پرنام کرنے کو پاؤں کی طرف جھکتی اور تحفوں کے ساتھ ان کا اشیرباد لیتی۔ گھونگھٹ نکالے بدن چرائے ساری چیزیں اپنی بانس والی پٹاری میں لے جا کر رکھ دیتی تھی۔

مل راج جب کھیت کھلیان سے واپس آتا اور شب کی تنہائیوں میں میاں بیوی گھر بھر کے سو جانے کے بعد اکٹھا ہوتے تو گھنٹوں 'بابو جی' کے تحائف دکھائے جاتے اور دونوں ان کے دل میں چھپے ہوئے ارمان پر خوب ہنستے اور ایک دوسرے پر فقرے کستے۔ لیکن اپنے دل میں بھی وہی شوق لیے ہوئے سو رہتے!

ٹھیک اسی زمانے میں جبکہ سرسوں کے کھیت پھولے ہوئے تھے، اَرہر گئی ہوئی تھی اور ''اوکھ پیری جا رہی تھی'' اوما دیوی نے شیو جی کو بوڑھے لالہ کی حالت کی طرف متوجہ کیا۔ انھوں نے ان کے نہال امید پر دنیا بنانے والی اپنی ایک پھونک ماری۔ لالہ جی کی تمنا بر آئی۔ گھر میں بہار آئی۔ بہو کے پیٹ میں بچہ رہا اور تمام وہ مدارج جلدی جلدی طے ہونے لگے جو دیکھنے والوں کے لیے خواہ کتنے ہی خوش کن ہوں مگر برداشت کرنے والی کے لیے یقینی تباہ کن ہوتے ہیں۔

لالہ جی تو زچہ خانے کے اہتمامات میں خوش خوش مشغول ہو گئے لیکن بہو کے دم پر آبنی۔ چودہ برس کی لڑکی، نہ پیٹ بھر کھایا، نہ جی بھر سویا جاتا تھا۔ اٹھتی تھی تو چکر آتا تھا۔ بیٹھتی تھی

تو درد ہوتا تھا۔ لیٹتی تھی تو کروٹ نہیں لے سکتی تھی۔ نہ چہرے پر وہ آب و تاب رہی اور نہ آنکھوں میں دلکشی۔ خیر کسی طرح کراہ کراہ کے وہ زمانہ بھی گزر ہی گیا اور لالہ جی کی تمنّا پوری ہوگئی۔ لیکن ہندوستانی آب و ہوا اور صدیوں کی نسلی کمزوریاں رنگ لائیں اور کمسن ماں زندگی بھر کے لیے ایک زندہ ڈھانچہ بن کر رہ گئی۔ گاؤں کے ویدجی نے لاکھ لاکھ جتن کیے لیکن ان کے سب 'بھسم' بیکار ثابت ہوئے اور بہو ایک نیم مردہ سی چیز ہی رہی!

لالہ جی غریب کے یہ نہ سمجھ میں آتا تھا کہ وہ اپنے ارمانوں کے بر آنے کی خوشی کریں یا اس بگڑے ہوئے نقشے کا افسوس۔ ان کی حالت بالکل اُس بچے کی تھی، جو لالچ کی وجہ سے حصہ ملنے سے پہلے برفی کی ڈلی ہانڈی سے اُچک لے لیکن جلدی میں پوری ہانڈی ہی گرادے! وہ کبھی اس لعل سے بچے کو دیکھتے جو اُن کے گھر کا اُجالا بنا تھا، اور کبھی اس نیم مردہ بہو کر جو بہار کو خزاں بنائے دیتی تھی! پھر بھی بہولڑکے اور پوتے ہی کے لیے پیاری ہوتی ہے۔ یہ دونوں تو اچھے تھے، خوش تھے، کھیلتے کھاتے تھے۔ بہو کی صورت بگڑی بلا سے! اُن کا دُکھ تو بسرا، اس کی جان ہی پر کیوں نہ بن جائے یہ بھی خوش تھے اور اب جو ہاٹ بازار سے گھومتے گھماتے آتے تو سُرمہ اور مسی نہ لاتے بلکہ جھنجھنے لاتے، بانسری لاتے اور کھلونے لاتے، اب انھیں سیندور اور کنگھی سے کیا غرض؟ وہ سب چیزیں بھی تو اسی دن کے لیے تھیں!

لیکن بہو تو اپنی حالت پر ضرور ہی غور کرتی۔ اپنی چمکتی دمکتی صورت کی جگہ پچکے ہوئے گال دیکھتی اور آہ کر کے دل تھام لیتی تھی پھر دیکھتی وہ مدن ہی پر جھکا پڑتا تھا، لالہ جی تھے تو، للائن تھیں تو۔ اور تو اور، خود پتی بھی! بس اب بہو اسی وقت یاد آتی تھی جب راج دُلارے مدن کو دودھ پلانا ہوتا تھا۔ جیسے گھر میں گائیں اور بھینسیں پلی تھیں ایک یہ بھی تھی، جب وقت آیا، مدن رویا، یہ بھی دوہ لی گئی!

طبیعت کی کبیدگی نے مزاج میں چڑچڑاپن اور بات بات پر غصہ بھی بڑھا دیا۔ اُٹھتے بیٹھتے ساس سسر کو طعنے تھے، یا مل راج سے تُو تُو مَیں مَیں۔ غذا سے بے پروائی کپڑوں سے نفرت۔ اگر کسی وقت دو چار نوالے چاول کے کھالیے تو دن رات کے لیے کافی ہیں۔ ایک ساری جو ہفتہ بھر پہلے پہن لی تو اُترنے ہی نہیں آتی۔ میلی چکٹ ہوگئی۔ جسم سے بو آنے لگی۔ لیکن کیوں بدلے کس کے لیے؟ صورت آئینے میں دیکھ سکتی تھی۔ 'اُن کی' نظر بدل چکی تھی۔

ظاہر بظاہر اب بھی ہنس بول لیتے تھے۔لیکن کیا وہ بدلی ہوئی نگاہیں نہ پہچانتی تھی؟ اس نے انہی نینوں کو کسی وقت خوشی سے چمکتے ہوئے، کسی وقت استعجاب سے پھیلتے ہوئے اور تنہائیوں میں اکثر سُرخ ہوتے دیکھا تھا۔ اب وہی دیدے تھے کہ اس کے سامنے ہر وقت صاف صاف دُھلے ہوئے کٹوروں کی طرح رکھے رہتے تھے۔ ہاں اگر ان میں کبھی کوئی کیفیت پیدا بھی ہوتی تھی تو وہ تاریکی اور سیاہی، غصہ اور نفرت کی ہوتی۔ ان میں اب پچھلے پریم کے لگاوٹ کے انداز کہاں؟

اسی کو سوچتی، اس میں گھلتی، اسی اپنے کو کوستی کاٹتی اور موقع موقع سے ساس کی آنکھ بچا کر جس طرح مدن کو پیار کرتی اسی طرح مارتی بھی تھی۔ غصہ اس کا تھا کہ پیدا بھی ہوا تو اسے اُدھ موا کر کے۔ سمجھی تھی جگر پارہ ہوگا لیکن وہ تو سانپ کا بچہ نکلا۔ ماں ہی کو چوٹ دے گیا!

مدن پانچ برس کا ہو چکا تھا۔ لالہ جی کی خواہش تھی کوئی کام کیا جائے اس لیے اتنی کمسنی ہی میں جینو کی رسم کی سُوجھی۔ دن تاریخ رکھ کر ساری برادری کو بلوا بھیجا۔ ایک ایک کر کے لوگ آنے لگے۔ لالہ سیتارام، لالہ جی کے بھائی بھی، اپنی بیٹی منورما سمیت آئے۔ پندرہ برس کی جوان کنیا، اسی سال مڈل کا امتحان پاس کیا تھا۔ بڑی شوخ چنچل اور سندر تھی۔ چندرما کی طرح چمکتا ہوا چہرہ، ان میں سیاہ بڑی بڑی آنکھیں، بالکل اس طرح جیسے کنول میں بھونرا۔ چندن کی کلائیاں اور ہاتھ پاؤں، نازک، پتلی کمر جیسے پھول کے نیچے کی ٹہنی۔ ٹانگیں کیلے کے تنے کی سی سڈول اور خوشنما۔ ان سب پر آفت سیاہ گھنے بڑے بڑے بال، کمر سے نیچے تک چوٹی ویسی ہی لٹکتی تھی جیسے چندن کی شاخ میں ناگن! پھر اداؤں میں پھاگن کی مدہوشی اور چیت کی جگر سوزی بھی۔ مگھ بدلیا بھی تھی اور ساون کی گھٹائیں بھی غرض عورت کیا تھی ایک کسی ہوئی تلوار تھی جو دِلوں کا خون اس صفائی سے چاٹ لیتی کہ آنکھ نہ جھپکے اور کام تمام ہو۔

مل راج اور اس کی بیوی سے ملنے کی تمنا دل میں لیے نہ معلوم کب سے بیٹھی تھی۔ لاہور اور بارہ بنکی کا فاصلہ تھوڑا نہ تھا۔ جہاں باپ نوکر تھا وہیں پیدا ہوئی، وہیں پلی بڑھی، پڑھی۔ ماں کے مرنے پر گھر کا کام کاج بھی سنبھالنا پڑا۔ عزیزوں سے، اپنوں سے کیسے ملاقات ہوتی۔ مدن کے جنیوں میں بلاوے کا جو خط پہنچا تو مچل کر لالہ سیتارام کو راضی کیا اور چچا، چچی، بھائی بھاوج سے ملنے آئی۔ راہ بھر یہی سوچتی آئی بھاوج کو یوں تنگ کروں گی، یوں چھیڑوں گی، اس طرح

بناؤں گی۔ یہاں جو پہنچی تو صورت دیکھتے ہی دل پھیکا پڑ گیا۔ پانچ برس کی بیمار، نہ چہرے پر رونق، نہ آنکھوں میں چمک، نہ ہونٹوں پر مسکراہٹ اور نہ زبان پر کوئی خوشی کی بات۔ پھر بھی چھیڑ چھاڑ شروع کی۔ انھوں نے جھڑک دیا۔ وہ غصہ سے بل کھا کر رہ گئی لیکن دل میں میل آ گیا۔ ادھر مل راج سے جو ملی تو صاف دل، سیدھا سادھا، ہنس مکھ جوان۔ خواہ مخواہ ہمدردی شروع ہوئی اور دو روز میں بھاوج سے چشمک بھی۔ اور خفیہ خفیہ یہ کوشش کہ بھاوج سے زیادہ میری باتوں میں انھیں مزہ آئے۔ میرے ہی پاس زیادہ اٹھیں بیٹھیں۔ بھاوج جلیں، اور خوب جلیں، میری جوتی سے۔ ڈائن سی صورت، اس پر یہ دماغ کہ سیدھے منہ بات نہیں! تب تو سمجھو کہ میں بھیا کا دل ان سے پھیر دوں!

لیکن اس دل کے پھیرنے میں کچھ زیادہ کاوش کی ضرورت نہ تھی۔ وہ پہلے ہی سے پھرا پڑا تھا۔ ہاں یہ ضرور ہوا کہ دونوں کو فطرت کے اس اصول کا خیال نہ رہا کہ جوان عورت و مرد کا ایک دوسرے کے پاس بیٹھنا درانحالیکہ ایک ہمدردی کا جویا ہو اور دوسرا مرہم رکھنے کے لیے تیار بالکل ویسا ہی جیسے آگ کے قریب ہی سوکھی لکڑی کا ڈھیر کرنا۔ منورما اور مل راج دونوں کے ہاں آہستہ آہستہ آگ سلگنے لگی۔ اس طرح نہیں کہ محسوس ہو، بلکہ اس طرح کی آہستگی سے کہ سوائے بہو کی حاسد آنکھوں کے خود ان کے دل بھی نہ پہچان سکے! اور سچ تو یہ ہے کہ منورما نے کوئی صورت اپنی قدر بڑھانے اور مل راج کے دل میں جگہ کرنے کی اُٹھا بھی نہ رکھی۔ اس نے پندرہ دن کے اندر مل راج کے لیے کئی تکیوں کے غلاف اچھے سے اچھے ڈیزائن کے بنا ڈالے۔ کئی بار اپنی کنول سے ہاتھوں سے اچھے اچھے بھوجن پکا کر کھلائے۔ طرح طرح کے حلوے، چٹنی، مربّے بنا ڈالے اور لالہ جی اور للائن کی کچھ اس طرح خدمت کی کہ ان کی زبان پر بھی منورما کا لفظ اسی طرح پیار سے آنے لگا جیسے مدن کا آتا تھا۔ جب دیکھئے میاں بیوی بیٹھے ہوئے اس کی تعریفیں کر رہے ہیں اور اس گھر میں رہنے والی دوسری جوان عورت سے اس کا مقابلہ کر رہے ہیں۔ جب اس طرح کے سوکھے درختوں میں محبت کی نئی نئی کونپلیں پھوٹنے لگیں تو مل راج کے تو ابھی بہار کے دن تھے۔ اس کے دل میں ایک سے نفرت اور دوسرے سے محبت کیوں نہ بڑھے؟ بڑھی اور خوب بڑھی کہ مل راج باوجود اپنی نیکی، سیدھے پن اور دیہاتی پن کے اس آگ کو محسوس کرنے لگا۔

لیکن قبل اس کے کہ وہ کسی قسم کا کوئی فیصلہ کر سکے لالہ سیتارام نے واپس جانے کی تیاری شروع کر دی۔ مل راج نے دبی زبان ماں سے انھیں روکنے کے لیے کہا۔ للائن نے جب دیور سے یہ پیغام کہا تو انھوں نے نوکری کا عذر پیش کیا۔ بڑی ردو کد رہی بالآخر اس پر فیصلہ ہوا کہ وہ تو چلے جائیں مگر منورما، ایک مہینہ اور یہیں رہے۔ پھر سیتارام آکر لے جائیں گے۔ سب سے دوبارہ ملاقات بھی ہو جائے گی اور چہیتی بھتیجی تھوڑے دنوں اور کلیجے سے لگی بیٹھی رہے گی۔

ان بوڑھیوں میں سے بھلا کون جانتا تھا کہ یہ اپنے گھر میں آگ لگانے کے سامان ہیں اور بھڑکتے ہوئے شعلوں پر تیل چھڑکنا ہے؟ مدن خوش تھا، مل راج خوش تھا، منورما خوش تھی، خود وہ دونوں خوش تھے۔ رہی بہو، اگر اس کی تیوریاں چڑھی تھیں تو یہ کون سی نئی بات تھی۔ وہ تو ہمیشہ کی ایسی ہی ہے۔ ''رسی جل گئی! اینٹھن نہ گئی۔'' کوئی کیا کرے! کوئی ڈائن کو دیوی تھوڑے بنا سکتا ہے!

ایک دن صبح سویرے منورما، مل راج سے پوچھنے آئی کہ ''آج کیا بھوجن کیجیے گا۔ آپ کے لیے کون سی چیز پکا دوں؟'' مل راج تو یہ کہہ کر کہ ''تم نے یہ اپنے سر کیوں خواہ مخواہ کا جھگڑا لیا ہے؟'' کچھ خوش خوش سوچنے لگے۔ مگر بہو نے پیچ و تاب کھا کر کہا، ''میری سوکن بننے کا ارمان ہے اور کیوں؟''

منورما کا چہرہ بالکل بیر بہوٹی کی رنگ کا ہو گیا۔ چپکی اٹھی اور چولھے کے پاس جا کر بیٹھ رہی، مگر مل راج بے حد خفا ہوا۔ غصہ اس کا تھا کہ جس زخم کے اندمال کے لیے نہ معلوم کن کن دقتوں سے دل ہی دل میں مرہم تیار ہو رہے تھے آج اس عورت نے تیز ناخنوں سے اسے بُری طرح کرید دیا۔ انگور کے ٹانکے ٹوٹ گئے، ناسوری تکلیف پیدا ہو گئی۔ بالکل چوٹ کھائے ہوئے سانپ کی طرح پلٹ پڑا اور جو کچھ منہ میں آیا بیوی کو کہہ گیا۔

مگر وہ بھی کیا چپ رہنے والی تھی۔ ایک تو نسوانی فطرت، پھر اس پر پانچ برس کے طعن و تشنیع کی مشق چڑھی ہوئی تھی۔ چوٹ پر چوٹ دیتی گئی۔ اور جب یہ مردوں کی طرح اس کی قینچی کی سی چلتی ہوئی زبان کی تاب نہ لا سکے اور پاؤں ٹپکتے باہر چلے تو وہ بولی: ''بڑے تاؤ میں باہر جا رہے ہو، پر اتنا سنتے جاؤ کہ آج تو پریم ہی پریم ہے، اٹھتے بیٹھتے ملو بھیا کی رٹ ہے، بھوجن بھی ہے، حلوا بھی ہے، پان بھی ہے اور حقہ بھی لیکن یہ سب دو ہی دن کی باتیں ہیں۔ میں جب

جانوں جب بیاہ ہونے پر بھی یہی حالت رہے۔ اسی طرح چوکا ہو، اسی طرح تکیے کا غلاف سلے، اسی طرح رومال کاڑھے جائیں۔ اس وقت سب کچھ بھول جائے گا۔ بس وہی یاد رہے گا جو مانگ میں سیندور بھرے گا اور راگنی کی بھنور گھومے گا!"

اس آخری وار کا مل راج کے پاس کوئی جواب نہ تھا۔ وہ بھاگا اور بے تحاشا بھاگا۔ ماں کسی کام کے لیے پکارتی رہی اس نے اعتنا نہ کی۔ باہر لالہ جی پوتے کے ساتھ کسی کھیل میں مشغول تھے۔ ان کی نظر بچا کر لمبے لمبے قدم رکھتا آبادی سے نکل گیا۔ دیہاتی زندگی فطرت و قدرت کے مناظر کو اپنوں سے زیادہ عزیز بنا دیتی ہے۔ لہلہاتے کھیتوں، جھومتے درختوں، چھلکتے تالابوں، اور بہتے ہوئے نالوں میں کیا نہیں؟ جوانی کی اُمنگیں بھی ہیں، معشوق کی مست خرامی بھی، مدھ بھرے کاسے بھی ہیں اور عاشق کا ہر وقت رسنے والا دلی ناسور بھی۔ ہاں صرف دیکھنے والی نظر چاہیے۔ سو وہ مل راج کے پاس موجود تھی!

وہ یہی دیکھتا، یہی سوچتا ایک مٹر کے کھیت کے کنارے بیٹھ گیا۔ تھوڑی دیر مینڈھ کے قریب کی گھانس نوچتا رہا۔ پھر درختوں میں سے نرم نرم پتیاں توڑیں اور انھیں چبانا شروع کیا۔ بالکل نیم کی پتیوں کا مزا تھا! جلدی سے تھوک دیں۔ غور سے درختوں کو دیکھا کہ کہیں کیڑا تو نہیں لگا، یا ٹھنڈ تو نہیں مار گئی؟ کوئی خرابی نہ تھی۔ تھوڑی سی پتیاں دوسرے درختوں سے پھر توڑیں مگر جب کچلا تو وہ بھی 'کرچ' سی محسوس ہوئیں، تھوک دیں۔ اُٹھا اور اَرہر کے کھیت میں پہنچا۔ موٹی موٹی پھلیاں چن کر توڑیں۔ اُن سے دانے نکالے اور انھیں چبایا۔ وہی کڑواپن۔ بس طبیعت جھلا گئی۔ دو تین درخت نوچ کر پھینک دیئے جب تھوڑا سا نقصان کر چکا تو کچھ تسکین ہوئی اور آگے بڑھا۔ گنے کٹ چکے تھے۔ پھر بھی ایک کھیت باقی رہ گیا تھا۔ گنا توڑا، پتیاں اور چھلکے علیحدہ کیے، گھٹنے پر رکھ کر اسے دو ٹکڑے کیا۔ جڑ کی طرف والا حصہ دانت سے ایک پور تک چھیلا، پھر اسے کاٹ کر کھایا۔ بالکل اتنا ہی کڑوا معلوم ہوا جتنا چرپتے کا رس۔ کلی کر دی۔ گنے کو گھما کر دُور پھینکا اور وہیں مینڈھ پر سر پکڑ کر بیٹھ گیا۔ دماغ میں ایک مشین سی چل رہی تھی۔ بس ایک ہی آواز آتی "کل جب منورما کا بیاہ ہو جائے گا!" ایسا معلوم ہوتا جیسے کہیں سر کے پیچھے بولنے والی فلم کا انجن لگا ہوا ہے اور اس کی ڈائن بیوی دانت نکالے پوری سو تیا ڈاہ سے اس فقرے کی بار بار تکرار کر رہی ہے۔ جی چاہتا کان میں انگلیاں دے کر کسی طرف بھاگ جائے، مٹر، اَرہر،

او کھ سے دل بہلاتا۔ مگر ان میں بھی اسی ڈائن کی باتوں کی کڑواہٹ آ گئی تھی۔ کیا کرے دل دکھ رہا تھا۔ آنکھوں میں مرچیں سی لگی تھیں۔ خشک سسکیاں آ رہی تھیں مگر آنسو نہ نکلتا تھا۔ گھبرا کر دونوں ہاتھوں سے دل پکڑے ہوئے پھر اُٹھا۔ سامنے برگد کا درخت تھا، جوگیوں کی طرح جٹا لٹکائے ہوئے۔ سیکڑوں نکھرے چڑیوں کے بسیرے کی جگہ، تنے سے لپٹ گیا اور بے ساختہ منہ سے نکل گیا۔ "بگ بابا بلا لو! 'بگ دیوتا اُٹھا لو!" پھر بر وہ تھام کر اُوپر چڑھ گیا اور ایک چوڑی شاخ پر سیدھا لیٹ گیا، جان پڑا جیسے دل پر کسی نے پھایا رکھ دیا۔ پیڑ پر نہ لیٹا تھا ماں کی گود میں تھا۔ وہی سکھ، وہی چین، وہی ٹھنڈک، آنکھوں سے آنسو جاری ہو گئے۔ دیر تک رویا گیا، پھر وہیں تھک کر سو رہا!

دو گھنٹے بعد ایک چھوٹی سی چڑیا آ کر قریب والی شاخ پر بیٹھی۔ تھوڑی دیر گردن ٹیڑھی کر کے اسے جھانک جھانک کر دیکھتی رہی، پر کھجا کھجا کر سوچا کی، پھر ہمت کر کے پھدک کر اس کے جسم پر آ رہی، سینے پر اور بغلوں میں اپنے لیے غذا تلاش کرتی رہی۔ کوئی چیز نہ ملی۔ کھلتا اور بند ہوتا ہوا منہ دکھائی دیا اور قریب آ گئی۔ شاید اس گڑھے میں کچھ ملے۔ لعاب دہن ہونٹوں کے کنارے میں بھرا تھا۔ پتلی سی چونچ سے ذرا سا اُٹھا کر چکھا۔ اچھا معلوم ہوا، لالچ بڑھا، جسارت کر کے ٹھوڑی پر آ رہی، سوتے ہوئے انسان کے جسم میں ناخن کی خراش لگی۔ گھبرا کر آنکھیں کھول دیں۔ چڑیا تو اُڑ گئی لیکن یہ اُٹھ بیٹھا۔ اپنے کو زمین سے کوئی دس گز کی بلندی پر بیٹھا پایا سخت تعجب ہے۔ سوچنے لگا یہاں کیونکر پہنچا۔ ایک ایک کر کے ساری باتیں یاد آ گئیں۔ منورما کی بنتی۔ بیوی کی لڑائی، اس کا منورما کو 'سوکن' کہنا، اپنا بیوی کو 'ڈائن' کہنا، پھر آخری جملہ وہی بس میں ڈوبا ہوا جملہ "کل جب منورما کی شادی ہو جائے گی تب!"

پھر بھی طوفان میں کمی ہو چکی تھی، نہ وہ پہلی طغیانی تھی اور نہ وہ جزرومد! سوچتا ہوا اُترا: سچ کہتی ہے جب منورما کی شادی ہو جائے گی تب؟ اور اگر نہ بھی ہو تو؟ چچا کی لڑکی ہے۔ میری بہن! ہندو دھرم میں یہ کہاں ہے کہ چچا کی لڑکی سے بیاہ ہو... اور میں کیسے کر سکتا ہوں... مدن کی ماں؟... مگر پریم... ہردے نہیں جانتا!... ہے رام... ہے رام! بڑی کٹھن آ پڑی، بڑی بپتا ہے! کیا کروں! کس سے کہوں؟"

انھی خیالات میں محو درخت سے اُترا اور آہستہ آہستہ گردن نہوڑائے گھر کی طرف چلا۔ ابھی گھر میں قدم نہ رکھا تھا کہ شور اور ہنگامے کی آواز سنائی دی۔ قدم اور تیز پڑنے لگے۔ اندر

داخل ہوتے ہی دیکھا تو 'بہو' پر بھوت سوار ہے۔ موسل ہاتھ میں ہے، منہ سے کف جاری ہے۔ مدن زمین پر خاک میں لوٹ رہا ہے۔ ماں پوتے کو بچانے کے لیے جھکی ہے اور منورما اپنی بھاوج سے چمٹی ہوئی ہے اس نے لپک کر بیوی کے ہاتھ سے موسل چھین کر دُور پھینک دیا اور بیٹے کو گود میں اُٹھالیا۔ پھر ڈانٹ کر پوچھا "کیا ہوا؟ یہ...... یہ کاہے کا ہنگامہ ہے؟"

ماں نے ہانپتے ہوئے کہا "جب سے تم باہر گئے ہو بہو بیٹھی نہ جانے کیا بڑبڑاتی رہیں، کہ اتنے میں مدن آ گیا اور ان سے کسی چیز کے لیے مچل گیا۔ بس برس پڑیں۔ کوسا کاٹا، پھر گھر بھر گھسیٹتی اور مارتی پھریں۔ جب میں نے اور منو نے ٹوکا تو جانو سچ مچ سر پر بھوت سوار ہو گیا۔ منو کو بری بری گالیاں دیں۔ پھر موسل اُٹھا لائیں کہ میں مدن کو مار ڈالوں گی اور اپنی بھی جان دے دوں گی کہ جس میں تم کو چین آ ئے۔"

للائن اتنا ہی کہنے پائیں تھیں کہ بہو چیخ کر بولی "تو جھوٹ کیا کہا، آپ کی تو آنکھ پھوٹ گئی ہے۔ آپ کو کب بجھائی دیتا ہے۔ بس 'منو! منو!' کی رٹ ہے۔ اس ڈائن نے آپ کے راج دُلارے کا دل موہ لیا۔ روز روز اچھے اچھے بھوجن ہیں، تکیے کا غلاف ہے، رومال ہے، حلوا ہے۔ میں کانٹے کی طرح کھٹکتی ہوں۔ نہ سیدھے منہ بات ہے، نہ ہنسنا ہے نہ بولنا ہے۔ آپ کی منو جو بڑی بھولی بھالی ننھی نادان ہے میری سوکن بننا چاہتی ہیں اور آپ کے پتر جو بڑے نیک سیدھے سادے ہیں یہی دل سے چاہتے ہیں۔ میں کب تک دیکھ دیکھ کر زہر کا گھونٹ پیتی رہوں؟"

منورما نے دونوں ہاتھوں سے منہ چھپالیا۔ للائن ایک ایک کا منہ تعجب سے دیکھنے لگیں۔ مل راج شیر کی طرح ڈھکا: "چپ رہ بدتمیز! ماں جی کا بھی پاس نہیں!"

وہ بولی: "پاس کرے میری جوتی۔ مجھے کیا اس پاپی دنیا میں بہت دن رہنا ہے۔ تم اپنی کہو، تم تو میرے مرنے پر بھی اپنی چہیتی کو کلیجے سے نہیں لگا سکتے! وہ تمھارے کاکا کی لڑکی ہے!"

یہ کہہ کر اپنے کمرے میں گھس گئی اور دروازہ بند کر کے اسی جنون میں اپنے کپڑوں پر لالٹین سے تیل نکال کر چھڑک لیا۔ پھر دیا سلائی جلا کر آگ لگالی!

للائن اور مل راج مدن کے منہ دھلانے اور چپ کرانے میں مشغول تھے کہ دفعتاً مٹی کے تیل کی بو ناک میں گئی اور کمرے سے دُھواں نکلتا دکھائی دیا۔ دونوں، مدن کو اسی طرح چھوڑ کر

کمرے کی طرف دوڑے اور کواڑ پیٹنے لگے۔ ''بہو! بہو! کواڑ کھولو! ارے یہ دُھواں کیسا ہے؟''

اندر سے ہنسی کی آواز آئی: ''میں ڈائن ہوں ڈائن! اب جل کر چڑیل بنوں گی اور آپ کی منو کے سر پر سوار ہوں گی! اہا... اہا... اہا... اہا... آہ!!!''

لالہ ہنس راج کسی کھیت میں پانی بھروا رہے تھے کہ خبر پہنچی بہو آگ میں جل کر مرگئی۔ دوڑتے ہوئے گھر پہنچے۔ دیکھا کمرے کا دروازہ ٹوٹا ہوا ہے۔ بہو کے جلے ہوئے ڈھانچے پر ایک سپید کپڑا ہے سرہانے للائن بیٹھی ہوئی بین کر رہی ہیں۔ پائکتی مل راج دونوں گھٹنوں پر سر رکھے اکڑوں بیٹھا ہے۔ خود بھی تھوڑی دیر رویا کیے۔ پھر مہری سے ساری روداد پوچھی۔ اسے خاموش رہنے کا حکم دیا۔ بیوی کے پاس گئے انھیں چپ کرا کے اُٹھا لائے۔ اس کے بعد بیٹے کے پاس گئے۔ شانہ ہلایا، پکارا، اس نے چونک کر باپ کی صورت دیکھی۔ خاموش اُٹھا اور سر جھکائے باہر چلا گیا اور وہاں بھی اسی طرح سب سے علیحدہ ایک کمرے میں جا کر بیٹھ رہا۔ لالہ جی نے جب منور ما اور مدن کی تلاش کی تو وہ دونوں ایک گوشے میں زمین پر پڑے ہوئے ملے۔ گلے میں باہیں تھیں اور گال پر گال۔ رخسار اب تک آنسو سے تر تھے۔ نہ جانے بے ہوشی تھی یا نیند! بہر حال دونوں غافل تھے۔ حسرت سے دیکھا کیے۔ پھر آہستہ آہستہ دبے پاؤں کھونٹی پر سے ایک چادر اُتارا اور باہر چلے آئے۔

گاؤں کے لوگ آنے لگے۔ ہر ایک سے جھوٹ بولنا پڑا۔ اتفاقیہ جسم میں آگ لگ گئی! ہر ایک افسوس ظاہر کرتا رہا۔ شام تک داروغہ جی بھی آگئے۔ آدمی نیک تھے۔ پھر لالہ ہنس راج سے آدمی کے گھر کی بات تھی۔ رپورٹ میں اتنا لکھ کر کہ اتفاقیہ کپڑوں میں آگ لگ گئی۔ درشن کرا کے رسم ادا کرنے کی اجازت دے کر چلے گئے۔ دوسرے دن صبح تک اس سے بھی فراغت ہوگئی۔ ہاں البتہ یہ ہوا کہ مل راج نے نہ کھایا، نہ پیا، نہ سویا، نہ بولا۔ اس وقت بھی چپ تھا جب ٹکٹی گھر سے نکالی جارہی تھی اور اس وقت بھی جبکہ گھی کے چھڑکاؤ کے ساتھ مدن کی ماں کی سوکھی ہڈیوں سے شعلے بھڑک رہے تھے!

تین دن بعد لالہ سیتارام بھی لاہور سے آگئے۔ بھائی سے ساری روداد سنی۔ منور ما کو پاس بلا کر بٹھایا، کچھ اس طرح متجسس اور حسرت بھری نگاہوں سے اس کی صورت دیکھا کیے کہ وہ رونے لگی۔ انھوں نے بن ماں کی بچی کا سر سینے سے لگایا۔ آہستہ آہستہ سر پر ہاتھ پھیرتے

جاتے تھے اور خود بھی روتے جاتے تھے۔

للائن نے جو دوسرے دالان سے یہ حالت دیکھی تو وہاں سے اُٹھ کر آئیں۔ بیٹی کا سر باپ کے سینے سے ہٹا کر اپنی چھاتی سے لگالیا۔ پھر دیور سے بولیں: ''تم باہر جاؤ، تمھارے بھائی بلا رہے ہیں!'' وہ جو باہر آئے تو دیکھا لالہ جی بیٹھے ہوئے جلدی جلدی حقہ پی رہے ہیں اور پاس ہی مل راج گردن جھکائے بیٹھا ہے۔ کچھ غصہ معلوم ہوا کچھ افسوس پھر بھی بڑے بھائی کے لحاظ سے کچھ بولے نہیں۔ خود انھی کے قریب پلنگ پر بیٹھ گئے۔ لالہ جی نے کھانس کر گلا صاف کیا۔ حقّے کے کئی کش پھر جلدی جلدی کھینچے اور بولے: ''اچھا ہوا تم آ گئے۔ میں ملو سے ابھی یہی پوچھنا چاہتا تھا کہ... بہو نے جو الزام ان پر منو کے پریم کا لگایا تھا، وہ سچ ہے یا جھوٹ؟''

مل راج اسی طرح سر جھکائے بیٹھا رہا۔ لالہ سیتا رام نے اس پر ڈانٹ کر کہا۔ ''ملو سنتے ہو بھیا کیا پوچھتے ہیں؟ جواب دو!''

مل راج نے سر اٹھا کر بڑی حسرت سے انھیں دیکھا۔ لالہ جی نے پھر پوچھا: ''بیٹے تم خود ایک لڑکے کے باپ ہو، جو بات ہو صاف صاف کہہ دو۔ کیا تم سچ مچ منو سے بہن سے زیادہ پریم کرتے ہو؟''

مل راج نے عجیب درد سے انھیں دیکھا۔ سر ہلا کر حامی بھری اور دونوں ہاتھوں سے منہ چھپالیا۔

لالہ جی بیساختہ جھلا کر بولے۔ '' کاہے رے ہتھیارے کوئی چچا کی کنیا سے اس طرح پریم کرتا ہے؟ کیا تیرا اور منو کا بیاہ ہو سکتا ہے؟ سچ مچ یہ کلجگ ہے!''

مل راج نے گھٹنے سے سر اُٹھایا۔ ایک بار باپ اور چچا کو اس تیور سے دیکھا۔ جس طرح مرد سے مرد آنکھیں ملاتے ہیں۔ پھر جھک کر دونوں کے چرن چھوئے اور گھر میں چلا گیا صحن میں مدن کھیلتا ہوا ملا، اسی طرح خاک میں بھرا ہوا زمین سے اُٹھا کر کلیجے سے لگالیا۔ پھر اسے وہیں چھوڑ کر اس جگہ گیا جہاں منو رما مرجھائی ہوئی کلی کی طرح اُداس بیٹھی چھالیا کاٹ رہی تھی، انھیں قریب آتے دیکھ کر اس نے اپنے دلی ہیجان سے مجبور ہو کے گھونگھٹ نکال لیا۔ یہ تھوڑی دیر وہیں کھڑا اُس مکھڑے کو دیکھتا رہا جس کے 'کارن' آج لالہ جی سے محبت کرنے والے باپ

نے اسے ہتھیارا کہا۔ پھراس کے سر پر ہاتھ رکھے چند منٹ خود لمبی لمبی سانسیں لیتا رہا اور وہ بیٹھی کانپا کی۔ پھر ماں کے پاس گیا اور اس کے پاؤں آنکھ سے لگا کر گھر سے باہر نکل گیا!

مدن اب پندرہ برس کا ہے اور لالہ جی کے بڑھاپے کا سہارا۔ کھیت کھلیان، زمینداری سب کچھ وہی دیکھتا ہے۔ مل راج دس برس سے لاپتہ ہے۔ ایک بار بس اتنا ہوا کہ خبر ملی کاشی جی سے تھوڑی دُور پر گنگا جی کے کنارے ایک بابا جی نے دُھونی جمائی ہے۔ اور یہ بھی سنائی دیا کہ ان کو آج تک کسی نے باتیں کرتے نہیں سنا اور نہ اکڑوں کے سوا کسی اور طرح بیٹھے دیکھا۔ لالہ جی نے تفتیش کے لیے آدمی بھیجا وہ لا کر ایک پرزہ دے گیا۔ لکھا تھا۔

''پتا جی! مَیں نے آپ اور مدن کی ماں دونوں کے نزدیک منورما سے پریم کرنے میں پاپ کیا۔ لیکن مَیں ہردے سے مجبور تھا۔ مَیں نے اسی پاپ کی اپنے کو سزا دی ہے کہ جوگ لے لیا۔ اب آپ جانیں اور مدن اور منورما۔ ایک انجان بالک ہے اور دوسری ستی استری۔ ہاں میں نے یہ ضرور قسم کھائی ہے کہ میں جنم بھر نہ کسی جانے پہچانے سے ملوں گا اور نہ اس منہ سے بولوں گا جس سے منورما کے لیے پریم کے شبد نہیں نکال سکتا... ملو۔''

اس کے بعد سے پھر پتہ نہ چلا کہ مل راج کہاں گیا یا کیا کر رہا ہے۔ منورما البتہ کئی برس لالہ کی کے یہاں رہی۔ پھر شاید بیاہ ہوگیا۔ اب اس کے دو تین لڑکے ہیں، شوہر محبت کرتا ہے، گھر میں کھانے پینے کو بھی ہے۔ لیکن یہ انوکھی بات ہے کہ اس نے اپنے ہاتھ سے اپنے سوامی کے لیے نہ کوئی تکیے کا غلاف سیا اور نہ کبھی کوئی کھانا پکایا اور تیسرے چوتھے مہینے بیٹھے بٹھائے دفعتاً کپڑے پھاڑ ڈالتی ہے۔ سر پر خاک ڈالتی ہے، آنکھوں سے آنسو جاری ہو جاتے ہیں اور آپ ہی آپ ہنسنے لگتی ہے اور اس ہنسی میں بالکل وہی کیفیت ہوتی ہے جو بہو کے اُس قہقہے میں تھے جو جلتے وقت اُس کے حلق سے نکل رہے تھے!!

اندھی جوانی

مُنیا اندھی تھی۔ چار ہی برس کی تھی کہ چیچک ماتا آئیں اور اُس کے باپ کی جان کے ساتھ ساتھ اُس کی آنکھیں بھی لے گئیں۔ ایک دُکھیاری ماں تھی اور گاؤں میں کچھ اس کے باپ کی جوت کے کھیت۔ اس کا باپ جب تک جیتا تھا وہ زمیندار کا کڑا لگان دینے پر بھی اِن کھیتوں میں اتنا پیدا کر لیتا تھا کہ تین جانیں ایک وقت روکھا سوکھا کھا کر گزر بسر کر لیتیں۔ پر جب سے وہ مَرا یہ سہارا بھی چھوٹا، یہ آسرا بھی ٹوٹا، مُنیا کی ماں خود ہل چلانے سے رہی۔ ساجھی کی ضرورت ہوئی۔ اُس نے بھی جُل دیا۔ جتنا پیدا ہوا سب کھا گیا، نہ انہیں کچھ دیا اور نہ زمیندار کا لگان ادا کیا۔ نالش، مقدمے کی نوبت آئی اور مُنیا کے خاندانی جوت کے کھیت دو ہی ایک برس میں نکل گئے۔

مُنیا کی ماں نے اب کیونکر بسر کی، اُسے مُنیا نہ جانتی تھی، پر گاؤں بھر جانتا تھا کون تھا جو گنگا نہیں نہایا تھا، اور کس نے دو چار پیسے دے کر جھوٹی ہانڈی کتوں کی طرح نہ چاٹی تھی؟

مُنیا ان ساری باتوں سے بے خبر، دُھول میں لوٹ پوٹ کے بڑھتی رہی، بڑھتی گئی۔ یہاں تک کہ جوان ہوگئی۔ وہ آنکھ سے تو دیکھ نہیں سکتی تھی۔ پر ہاتھ سے ٹٹول کے اُس نے یہ بات جان لی تھی کہ اب اس کا جسم پہلے کا سا نہ تھا۔ وہ کچھ بدل سا گیا تھا، کہیں سے دَب گیا تھا۔ کہیں کہیں سے اُبھر آیا تھا اور کچھ اس طرح چکنا ہو گیا تھا کہ اسے خود ہاتھ پھیرتے بھلا معلوم ہوتا تھا۔ اسے رہ رہ کے ایک جھرجھری سی محسوس ہوتی تھی۔ وہ بیٹھی بیٹھی آپ ہی آپ مسکرانے لگتی تھی۔ ایسا معلوم ہوتا تھا جیسے کوئی اندر ہی اندر اس کو چھیڑتا ہے۔ کہتا ہے تو گاتی کیوں نہیں؟ تو اُچھلتی کیوں نہیں؟ تو ہنستی کیوں نہیں؟ اسی کے ساتھ اسے اب عورتوں کی پتلی اور سُریلی آواز کی جگہ مردوں کی موٹی اور بھدی آواز بھلی معلوم ہونے لگی تھی۔ وہ ماں کے ساتھ جب تڑکے

اُٹھ کے جنگل جاتی تو اُس کے ساتھ نہ پلٹتی۔ کسی نہ کسی بہانے سے ضرور رُک جاتی۔ وہ کسی کھیت کی مینڈھ پر اِس لیے کان لگائے بیٹھی رہتی کہ کوئی 'ہلواہا' ادھر سے اپنے بیلوں کو للکارتا، چمکارتا نکلے۔ جب کبھی ایسا ہوتا تو وہ اپنی پھوٹی آنکھوں سے اس طرح گھور گھور کر دیکھتی جیسے وہ اسے دیدوں کی جگہ نینوں میں رکھ لینا چاہتی ہے۔

وہ یہ نہ جانتی تھی کہ ہر گزرنے والا اس کی جھلک دیکھتے ہی منہ پھیر لیتا تھا کہ صبح صبح اندھی کا چہرہ کون دیکھے۔ جب دو ایک مرد اس طرح گزر لیتے تھے تو مُنیا اپنے دل میں خوشیوں کا سمندر لیے گھر پلٹتی تھی۔ اور ماں کی گھڑکی اِس طرح چپکی سن لیتی تھی جیسے وہ اندھی ہی نہ تھی بلکہ بہری بھی!

مُنیا کی ماں بھی بڑبڑا کے چپ ہو جاتی۔ کیا کرتی؟ دیکھتی تھی لڑکی سیانی ہوگئی۔ اِس سے کہیں چھوٹی بچیوں کی سگائی ہوتی تھی، بیاہ ہوتا تھا، گونا ہوتا تھا، بچّے بھی ہوتے تھے، پر مُنیا کو کوئی پوچھتا ہی نہ تھا۔ اس کے پاس دھرا ہی کیا تھا کہ کوئی اس کی بیٹی سے بیاہ کرنے کی خواہش کرتا؟ ننگی بھوکی، نہ رہنے کی جگہ، نہ جوت کے کھیت، نہ کھانے کے برتن، نہ پہننے کے کپڑے؟ اس غریبی پر بھی ہو سکتا تھا کہ ذات برادری میں، کہہ سن کے کوئی اسی کا سا ننگا بھوکا مل جاتا، پر مُنیا میں ایسا عیب تھا کہ کوئی مفت بھی نہ پوچھتا۔ اندھی کون بیاہیگا، جی کا جنجال!

وہ کبھی جب بہت گھٹتی تو کسی یار آشنا سے کہتی "میری سُوریا کا کہیں ٹھکانا لگاؤ۔" وہ مُنیا کو بلا کر دیکھتا۔ عورت کیا تھی شروع برسات کی جامن۔ اتنی ہی کالی کلوٹی۔ پر اس کالے رنگ کی تہہ میں جوانی کی سُرخی بھی دوڑ رہی تھی۔ یہ سُرخی کچھ اِس بلا کی تھی کہ وہ ان ہر دیگی چمچوں کا منہ لال کر دیتی تھی۔ وہ اسے اس طرح دیکھنے لگتے تھے کہ مُنیا کی ماں اُن کے سامنے سے ہٹ جانے کے لیے بیٹی کو ڈانٹ دیتی تھی۔

اِس طرح مُنیا کا وہ سن گزر گیا جو ہندوستان میں اُمنگوں کا دن کہلاتا ہے، اس نے سترھویں میں قدم رکھے ہی تھے کہ ایک دن اُرہر کے کٹے ہوئے کھیت سے بوجھ لانے کے سلسلے میں اس کا بدن 'میکو' سے چھو گیا۔ مٹی کے تیل میں چنگاری اور پسی ہوئی بارود میں جلتی دِیا سلائی لگی۔ مُنیا کو ایسا جان پڑا جیسے کسی نے اس کے دل کو چٹکیوں سے پکڑ کر لٹّو کی طرح گھما دیا۔ وہ تتلی کی طرح تھرّا کر وہیں زمین پر بیٹھ گئی۔

میکو کوئی نوجوان نہ تھا، اس کا سن پچاس سے زیادہ تھا۔ وہ دو بیویوں کو مار چکا تھا۔ وہ

آٹھ بچوں کا باپ تھا۔ وہ انجان، انیلا نہ تھا۔ پر وہ بھی مُنیا کے اس طرح زمین پر بھد سے بیٹھ جانے پر گھبرا گیا۔ وہ سمجھا اس اندھی کو کہیں چوٹ آ گئی۔

اُس نے پوچھا ''کیا ہے رے؟''

مُنیا خود نہ جانتی تھی کہ کیا ہے، وہ کیا بتاتی۔ وہ صرف بن دیدوں والی آنکھیں پھاڑے منہ کھولے اس کی طرف دیکھتی رہی۔ البتہ اس نے اُرہر کے گٹھر کو اس طرح زور سے چمٹا لیا جیسے کوئی ماں مدتوں سے گم بچے کو مل جانے پر کلیجے سے لگا لیتی ہے۔ تجربہ کار میکو سمجھ گیا، وہ مسکرایا، آگے بڑھا، اور مُنیا کی دونوں بغلوں میں ہاتھ دے کے بولا۔

''اُٹھ رے اندھی۔ اب تو جوان ہو گئی، تو کیا دن دہاڑے سڑک پر لیٹ جائے گی؟'' مُنیا کو اس کی بات بہت بُری لگی۔ پھر میکو کے ہاتھ شرارت کر رہے تھے۔ وہ اُلجھی، گھبرائی، سمٹی، جھجکی، جھومی، پھر اُٹھ کر کھڑی ہو گئی۔ میکو نے مسکراتے ہوئے اُرہر کا گٹھر اُٹھا کر اُس کے سر پر رکھ دیا۔ پھر اُس کا شانہ ہلا کر بولا۔ ''آج شام کو پاس والے باغ میں آنا۔ ہم تمھیں بہت اچھا اچھا گانا سنائیں گے!''

مُنیا لجا کے چپ رہی۔ اس نے چٹکی لی اور کہا۔ ''سمجھی؟'' مُنیا نے سر ہلا کر ہامی بھری اور اپنا بوجھ سنبھالتی جلدی جلدی چوپال کی طرف چلی گئی۔ یہ اسی وعدے کا نتیجہ تھا کہ مُنیا میکو کے ساتھ پکڑی گئی۔

پر وہ اپنا سب کچھ کھو کر بھی خوش تھی۔ اسے ایسا معلوم ہوتا تھا کہ جس خزانے کو وہ زندگی بھر ڈھونڈھتی رہی تھی آج اس کی کنجی مل گئی تھی۔ آج پہلے پہل ایک مرد نے اس سے اچھی اچھی باتیں ہی نہ کیں، بلکہ اُس کا منہ بھی چوما، اُسے کلیجے سے بھی لگایا اور اُس کے ساتھ نرم نرم دوب پر ایسا کھیل کھیلا جس کے لیے اُس کی روح بھوکی تھی۔

وہ تو بکسی پڑتی تھی۔ پر لوگ میکو کو پکڑ کر مارتے پیٹتے چوپال لے گئے تھے۔ دو ایک نے ایک آدھ ہاتھ خود مُنیا پر بھی جھاڑ دیے تھے۔ مُنیا کو ان کی اس حرکت سے کچھ زیادہ دُکھ نہیں پہنچا۔ اس کا جسم اس سے کہیں زیادہ چوٹ کھانے کا عادی تھا۔ ہاں جو بات کلیجے میں تیر کی طرح جا کر چبھ گئی وہ یہ تھی کہ میکو پر ہر شخص نے تھوک تھوک کر یہ کہا کہ پاجی گرا بھی تو کہاں! اندھی، سُور، ڈائن کے ساتھ!''

ماں نے جب یہ بات سُنی تو رسوئی کا جلتا ہوا چیلا لے کر دوڑی اور بیٹی کا چونڈا پکڑ کر

خوب ٹھونکا۔اور ہزاروں ننگی ننگی گالیاں بھی دیں۔

لیکن رات کو جب برادری اکٹھا ہوئی اور اُسے بیٹی سمیت ٹاٹ باہر کر دینے کی بات چیت ہونے لگی تو یہی مُنیا کی ماں جھلا کر کھڑی ہوگئی۔ وہ چیخ کر بولی۔ ''تمھارے پاس دَھن دولت ہے، تمھارے پاس طاقت ہے، جو چاہے طے کر لو، پر مجھے اس بات کا جواب دے دو کہ میری سوریا تو اندھی تھی، پر تمھارے چہرے پر تو آنکھیں تھیں؟ تم دیکھتے تھے کہ وہ جوان ہوگئی ہے، سیانی ہوگئی ہے۔تم نے آج تک اس کی سگائی کی کیوں فکر نہ کی؟ تم نے پہلے کیوں نہ سوچا کہ ایک دن برادری کی ناک کٹے گی؟ پھر اُس نے کون سی ایسی بُری بات کی؟ مَیں تو کہتی ہوں وہ تمھاری بیویوں سے اچھی ہے۔ تمھاری بیویاں تمھارے ہاتھ بک کے آئیں۔تم میں سے ہر ایک نے ان کے دام دیے ہیں۔ میری سوریا نے اپنا جسم کسی کے ہاتھ بیچا نہیں۔اس نے وہ کام کیا جس کے لیے بھگوان نے اُس کا جسم بنایا تھا۔جس میں اُسے خوشی ہوئی۔تم ہی ایمان دھرم سے بتاؤ کہ دونوں میں سے کون اچھا ہے، وہ جو اپنے جسم کو دوسروں کی خوشی کے لیے بیچے، یا وہ جو اپنے جسم سے وہ کام لے جس میں اُس کا دل خوش ہو؟''

مردوں نے گردنیں جھکا لیں اور پنچایت بھر پر سناٹا چھا گیا! مگر آس پاس کھڑی ہوئی عورتیں آپے سے باہر ہوگئیں، وہ مُنیا کی ماں پر ٹوٹ پڑیں۔ ''ڈائن! بیسوا! رنڈی! ہرجائی!'' کہہ کہہ کے ہر ایک نے اس کے سر کے مٹھی مٹھی بھر بال نوچ لیے۔پھٹی ہوئی ساڑی کے چیتھڑے اُڑا دیے۔اور اسے اتنا مارا اتنا مارا کہ اُسے وہاں سے بھاگنے ہی میں جان بچتی دکھائی دی۔

جب وہ اس طرح لہولہان، گرتی پڑتی جھونپڑے میں پہنچی، تو اُس نے دیکھا کہ میکو بیٹھا کراہ رہا ہے اور مُنیا پاس ہی بیٹھی ہے۔ دونوں کے بیچ میں ایک چینی میں پسی ہوئی ہلدی رکھی ہے، جسے اس کی سوریا میکو کی چوٹ پر ٹٹول ٹٹول کر لگا رہی ہے!